일요일과
나쁜 날씨

일요일과
나쁜 날씨

장석주 시집

민음의 시 218

민음사

'일요일'과 '화창한 날씨' 둘 다 쥐었다면 기뻤겠으나
그건 욕심이다. 살아 보니 알겠다!
수고와 봉급에 매이지 않는 날들을 누렸으니 다행이다.
일요일에 나쁜 날씨라니!
하필 구름 끼고 빗방울 뿌린다고 실망할 일만은 아니다.
"일요일과 나쁜 날씨" 사이에서 툴툴댔지만,
나쁜 날씨와 더불어 일요일도 있었으니, 견딜 만하지 않았던가!
오오, 아주 불행하지만은 않은 '야만인'과 '자두나무'에게
바친다, 이 우울한 찬가讚歌를,
이 불운에 대한 송시訟詩를.

2015년 초겨울
장석주

차례

4부

1부

좋은 시절

튀긴 두부 두 모를 기쁨으로 삼던 추분이나
북어 한 쾌를 끓이던 상강(霜降)의 때,
아니면 구운 고등어 한 손에 찬밥을 먹던
중양절(重陽節) 늦은 저녁이었겠지.

당신과 나는 문 앞에서
먼 곳을 돌아온 끝을 바라본다.
물이 흐르는데
물은 제 흐름을 미처 알지 못하고,
정말 가망이 없었을까?

작별의 날이 세 번씩이나
왔다 가고,
마음은 철없는 손님으로 와서
가난을 굶기니 호시절이다, 오늘은
어제의 내일이고
또 다시 내일의 어제일 것이니,

오늘은 당신과 나에게도

큰 찰나!

잿빛 달 표면 같은 마음으로
기쁨이 날개를 활짝,

한밤중 부엌

어머니 상(喪) 치른 뒤
보름 지나고.

모란은 아직 일러 땅속에서 웃고 있는데,

가스 불은 끄고
형광등은 켜고

한밤중 널따란 부엌에
우두커니 앉은
웬 늙고 낯선 남자,

마두금(馬頭琴)이 없으니
삶은 계란을
세 개째 먹는 중이다.

난간 아래 사람

난간에 서서 아래를 볼 때
당신은 난간 아래에서 운다.

거리엔 피 없는 자들이 활보하고
아아, 이럴 수는 없지!
당신은 연옥에서 깃발로 펄럭인다.
펄럭이는 것들은 울음,
손톱은 비통(悲痛)에서 돋은 신체다.

당신이 난간을 붙든 채 서 있고
나는 난간 아래 사람,
나는 머리칼을 짧게 자르고
당신은 나를 모른다.

우울은 슬픔의 저지대(低地帶)다.

푸른 벽에 못 박힌 달!

꿈길 밖에 길이 없어 바다 속으로

침수한다면,
물속에서 누가 울고 있습니까?
당신도 무섭습니까?

활과 화살

허공을 움켜쥐었다가 놓은
금빛 깃,

쏘아서 맞지 않으면
그뿐.

네 이름을 잊은 적이 없다.
네 이름을 놓고
나는 무엇이 되어 보려고 한 적이 없다.

화살 한 촉 어둠을 뚫고
스쳐 간 자리,

활과 화살은 없고
핏방울 몇 개!

겨울의 빛

시골길 웅덩이마다 살얼음이 끼어 있고
숲은 멀리 있다.
농장 집 개들이 인기척에 놀라 사납게 짖어 댄다.
개들에게 잘못이 있겠는가?
저 늑대의 종족을 가둔 것이 죄악이다.

빠르고 민첩한 것들이 사라진 숲,
잔광(殘光)을 받으며 드러나는 가난한 살림,
이끼들이 고사한 나무 등걸 위에 들러붙어 있다.

나는 좀 더 걸어 숲 속으로 들어간다.
물가에 집을 꾸리고 살던 시절은
이미 옛날이다.
갈참나무 아래에선 상심들이 바스락댄다.

숲 속에서 위층 집 사람을 생각한다.
오후 네 시마다 피리를 부는 사람,
음들의 혼돈 속에서 바른 음을 찾아 세우는
서른 몇 해 전 내가 알던 사람,

그를 만난 것도 이미 옛날이다.

누군가 천지간의 빛들을 거둬 갈 무렵
내 그림자와 함께 나무들의 그림자가 길어진다.
굳센 것은 부러진다.
나는 좀 더 약해져야겠다.

당신이라는 야만인

물가에서 당신을 생각합니다.
웬일인지
내가 죽었으므로 물은 흐릅니다.
가지 마라고,
가지 마라고,

물이 물로 흐르는 동안
당신은 물가에 와서 울겠지요.
왜 모란 작약이 아니라 당신이겠어요?
물이 물로 흐르니까 당신이죠.

야윈 빛에 허리를 드러내는 물,
오래 흐느끼는 물.

가지 마라고,
가지 마라고,

돌

속눈썹 없는 지평선에서
박쥐들이 돌아오는 저녁,

지금 막 떨어지는 앵두들,
항구를 떠나는 배들,
요람에서 옹알이를 하는 아기들,

목청 없는 목들이 부르는
황혼의 노래를 듣노라.

아버지는 막 잠들었으니,
쉿, 조용히 해라,
나뒹구는 소규모 불행들아,
이제 좀 쉬렴,

발굽도 없는 늬들,
이름조차 갖지 못한 늬들,
날마다 쓸쓸함 한 점을 떼어 먹는 늬들,

돌들아, 누가 밤의 깊이를 재는 일을 맡겼느냐?

내게 오렴, 늬들 불행을 덮어 줄
푸른 지붕을 마련해 주마.

문덕들

저녁은 떼로 우글거리고,
하늘은 가장 잘 구운 황혼 차지다.
남기(嵐氣)를 머금어 더 검은 하늘,
열세 개의 깃[羽]이 사라진
흙을 추락한 새라고는 할 수 없다.
들여다보면 음예(陰翳)의 무늬들.

질주하는 여름의 창문들,
폭음하는 뿔들,
구리를 삼킨 구름들,
이것들은 폭식 습관을 가진 가난한 자의
식탁에 오른 찬이다.

늦었어, 그늘은 그늘에 서식하는 마음,
문턱은 위험한 습관들,
치통에는 저울추가 없어.
이끼는 문턱의 이익을 축내는 천덕꾸러기.

당신의 정수리에 드리운 그늘,

그늘 아래 일곱 개의 문턱들,
얼음이거나 구름인 문턱들,
누군가 천도복숭아를 깨물며
그늘의 그늘로 녹아들 때 요령부득은 울울(鬱鬱),
창창(蒼蒼)하리.

큰고니가 우는 밤

얼음이 쩡쩡 어는 겨울밤,
중앙대학교 안성캠퍼스 연못에서
큰고니가 운다.
늠름한 관우(關羽) 같이 큰고니가 운다.
어쩌자고,
어쩌자고,

입술과 입술이 만나고
취객의 발걸음이 어지러워지는 시각,
하늘의 별들이 죄다 나와서 큰고니를 내려다본다.
어쩌자고,
어쩌자고,

오늘 밤 함께 있지 못하는 마음들이
한기(寒氣)에 떨며 우는 한겨울 밤,
나 여기 있어요,
당신 거기 있나요?

입김의 말들이 하얗게 어는 밤,

온다는 사람이 늦어진다 해도
먼 것이 더 멀어지지는 않을 테다.

충주구치소 방향

보라색 하늘에 눈보라가 몰려온다.
눈보라,
눈보라,

생계와 상관없이 가는 38번 국도에
충주구치소 방향을 가리키는 이정표가 나타난다.
저쪽 방향으로는 간 적이 없다.
추위가 머문 공중 아래
갈 일이 없을 그 길로
연미복 입은 천사 열 마리가 날아가고
뱀 열 마리가 기어갔다 한다.

곧 춘분인데,
날들은 저물고
작년의 것과 올해의 것들을 가리지 않고
어둠은 눈보라의 등을 떠밀며 온다.
눈보라,
눈보라,

겨울 물고기와 봄풀들이 울고
횡단보도 앞에서 식은 무릎들이 서서 운다.

측행(仄行)

가자면 갈 수 있고
오자면 올 수 있겠지요.

달 아래 자두나무,
옛날의 눈을 가진 나무 맹인
달 아래 자두나무,
제 그림자를 파는 나무 상인

당신이 달 아래 자두나무인가요?
달 아래를 걷는 당신,
눈꺼풀 없는 눈으로 보는 목인(木人)인가요?

가지도 않고,
오지도 않고,

종말을 얇게 펼친 저녁들

종말이 얇게 펼쳐진 저녁,
헤어진 여자는 늙고 집들도 낡아 가지.
숨은 오차(誤差)들이 드러나면서
집들이 마른 풀과 함께 시들 때,
불운이 항상 늦는 행운을 대신하니
저녁에게 도덕을 배우려고 하지 마라.

과거는 흘러간 게 아니라
잊힌 것,
과거는 미래일 거야.
먼 곳의 시간들이 앞당겨지고
망쳐 버린 내일은 지나가니까.

가난은 저녁을 다 탕진하고
우두커니 서 있지.
슬하의 가난을 들여다본 적이 있다.
가난은 팔과 다리가 없으니
무릎을 끌어안고 울지 못한다.

이 저녁과 저 저녁 사이로
흘러가는 인류,
아직 380만 년은 멀다!

광인들의 배*

궁륭(穹隆)을 떠가는 배,
광인들이 탑승한 배 위에 우리는
서 있다, 이 혼돈의 바다
한가운데, 그 새벽 거리에
쓰레기 수거차와 취객들, 비둘기들과 함께.
우리가 건던 것은 한 줌의 편두통,
공무원들의 직무 유기와 인공 조미료와 진부한 악들,
여자의 거짓말과 얇은 우울들,
제 꼬리를 물고 미쳐 버린 개들,

뼈를 갖고 시를 쓰는 당신,
지금은 담배를 길바닥에 던지는 사람,
콘크리트 벽에 머리를 기댄
우리를 빚은 건 달빛과 물,
어깨와 어깨 사이로 모래바람이 불어 가지.
먼지거나 물이 아니라면 무엇이겠나?
강건한 호랑가시나무는 멀리 있고
우리가 먼 곳에서 돌아올 때
찬 물결 일렁이고 동이 터오지.

자주 머리가 아파!

관자놀이에 닿는 차가운 총구(銃口),

더러운 양말을 뭉쳐 입을 막아!

비명이 새 나오지 않게!

오후에는 동물원에서 빈둥거리며 시간을 보내 볼까?

양귀비꽃을 사들고 요가를 하는 애인에게 가서

멜론을 먹으며 생일을 축하할까?

긴 휴가를 받아 북해(北海)로 떠날까?

계단들은 새 계단을 낳고

오늘 죽은 자들이 어제의 한숨을 쉬지.

지금은 수탉이 우는 시각,

서리 밟는 호랑이와 결빙하는 물들,

여긴 진창이야.

당신과 내가 서 있는 여기가 막장이야.

진흙, 진흙, 진흙!

당신은 손에 도살자의 피를 묻히지는 않았잖아.

진창에 뿌리를 내려 꽃피는 식물도 있어.

우리가 연꽃은 아니잖아?

연꽃이 아니라면 호랑가시나무로 살아야지!

저 착한 나무짐승!
호랑가시나무는 칼바람에 살갗이 터져
온몸에 가시 꽃을 두른 채
진흙 햇빛 진흙 강 무간지옥(無間地獄)에서
한 줌 햇살을 탁발하겠지.

어둠 속에 떠가는 배 한 척,
광인들의 배는 어디에서 와서 어디로 가는가.
배의 갑판 위에서 웃고 있는 한 사람,
저 웃고 있는 자는
광인인가, 혹은 착한 이웃인가?

노숙자들은 아직 깨어나지 않았어.
문 안에서 먹고 자는 이들은
노숙자들이 얼마나 자유로운지를 모르겠지.
우리를 퇴화시킨 건 무지와 신념이야.
지옥에서 헤매게 놔둬.
제 신앙심 부족을 가슴 치며 후회하도록 놔둬.
사랑의 그림자들을 견디고
우리는 구백구십팔 번째의 실패에도 꿋꿋하지.

진흙에 뿌리를 묻었다 해도

호랑가시나무와 함께

눈은 성간(星間) 우주의 숨은 별들을 보자.

구백구십팔 번의 실패와 천 번의 실패 사이에

우리는 서 있지, 아무것도 바랄 게 없다.

무릎 꿇는 건 마른 갈대의 일,

쓰러질 때마다 일어서는 것,

솟구쳐 일어섬만이 우리의 일인 것을!

가장 먼 곳을 스쳐가는

광인들의 배여,

안드로메다 대은하 M31은 여기서 얼마나 먼가.

별자리와 함께 움직이자.

아직 우리는 무엇인가.

아직 우리는 무엇이 아닌가,

* 이 시의 제목은 히에로니무스 보스의 그림 제목 「광인들의 배*The Ship of Fools*」(1490 — 1500, 루브르박물관 소장)에서 빌려 온 것이다.

2부

가을 만사(萬事) 중의 하나

감나무 가지에 멧새가 와서 운다.
가을 청보석(靑寶石)을 쪼는 듯하다.

앉은 자리에서 꼬리를 들썩이는데,
눈꺼풀인 듯
괄약근이 조여졌다 풀어진 찰나!

조류(鳥類)의 소화기관 크기를 가늠케 하는
배설물의 총량,

가을 만사(萬事) 중 갸륵하고 어여쁜
산 것의 일!

저 여름 자두나무

자두나무 소매 부리를 적시는 석훈(夕曛),
검정은 검정을 잊은 황량한 바다,
땅이 밀어내고 하늘이 누르는
자두나무는 귀머거리 맹금(猛禽),
검은 젖을 마시며 포효하는가?
가지마다 천 개의 귀를 달고
검정의 한가운데에서 검정을 듣고 있는
자두나무의 맥동(脈動)을 들어라.
자두나무의 방광에는 검은 오줌,
검정은 다만 검정이 아니듯
번쩍이는 저 여름 자두나무의 검은 동공,
일순(一瞬) 세계의 비밀을 봐 버린
자두나무는 검정이 낳은 새,
검정의 슬하에서 검정의 젖을 먹는 새,
자두나무는 날아오르려는가?
자두나무는 밤의 지고(至高) 속에서
검정을 찢고 검정의 창공으로
솟구쳐 날아오르려는가?

눈길

종일 눈보라가 쳤다.
누구였을까,
눈보라를 뚫고 왔다가 돌아간 사람,
어지러운 발자국,
그 옆에 족제비 발자국도 가지런하다.

언 내(川)를 건너는 눈보라,

눈 맞고 서 있는
자두나무야, 너는 외롭냐?

저문 뒤
귀가 큰 어둠과 귀신이 왔다가 돌아갔는데
눈길에는 발자국이 없다.
밤은 삼경(三更),
다시 귀가 큰 어둠이 내려와 있다.

눈 그친 아침에는
발 없는 바람의 발자국들이 있었다.

밤새 눈보라 속에서 제 몸에 채찍질을 하며
달려간 바람의 흔적이 있었다.

북

얼굴은 낡았어요.
피도 살도 다 말랐어요.

아무 야망도 없이
흐느끼는 사람아

쳐라, 더 세게
쳐라,
그대를 생각하며 낮게 울리라.

가을의 부뚜막들

여름 뜰이 윤리적으로 무너진 뒤
먼 데서 털을 세운 짐승들이 내려온다.
궁리가 깊은 돌들과
파초를 잘 기른 상그늘 몇을 거느리고
목 없는 귀신보다 더 무서운 기세로
전무후무한 가을이 기습한다.

그 저녁,

이상한 게 이상한 것뿐이냐고,
쓸쓸한 게 쓸쓸한 것뿐이냐고,
항변하며 가을벌레들이 크게 우는 밤이 왔다.
노동과 생계의 함수관계를 풀다 만 것은
오늘은 내일의 옛날이고,
지나가서는 안 되는 것들이 지나가고
옛날은 자꾸 새로 돌아오는 탓이다.

검은 눈썹이 식는 가을
그 저녁,

저녁의 등에 밤이 업혀 오고, 우리
흑설탕을 넣은 차를 마시자.

그동안 적조했었다,
옛날을 다 탕진하고도
당신의 젖들은 더는 자라지 않지만
그늘의 무미함 아래에서
최선을 다해 착해지려는 그 저녁의
부뚜막들!

박쥐와 나무옹이

비린내 나는 계집과 이별,

벙어리 뻐꾸기와도 이별,

이별의 일은 이별의 일로 끝내고

더는 피가 소란스럽지 않기를 바란다.

은하의 일들은 내 소관이 아니므로

모란은 모란의 일로 바쁘고

모란 옆 바위는 제 그늘을 건사하느라 바쁘다.

동굴 박쥐에 대해

눈 먼 사람의 꿈과

국수를 먹고 나이 먹는 것에 대해 생각한다.

모란이 초란만 한 꽃봉오리 맺을 때

그 여자의 복사뼈와 발뒤꿈치를

떠올린다, 나는 잘못 살지 않았으나

입동 지나 물에 살얼음이 끼고

갈까마귀들이 곡식 낱알들을 찾아 들을 헤집는다.

살아오는 동안 두부 몇 모를 먹었던가?

살아온 보람이 두부 몇 모보다

더 크지는 않다.

가을이 오고 시 몇 편을 쓰고

남은 시간에는 연못 옆 풀밭에 쪼그리고 앉아
고라니 배설물을 유심히 쳐다본다.
박쥐들이 먼 데서 날고
나무옹이는 어떻게 생겨나는지를 헤아리는 날들.
숲에는 나무옹이가 있는 나무들과
없는 나무들이 섞여 서 있다.
어김없이 겨울이 오자 북풍이 불고
새들은 돌맹이처럼 핑핑 날았다.
하지 감자의 수확은 보잘것없고
당시(唐詩)를 읽는 일은 진도가 느렸다.
바람이 문을 탕, 하고 여닫다 물러나면
묶인 개들이 놀라서 짖어 댔다.
대추나무 아래 벌레 먹은 열매 두엇 떨어져 있다.
박쥐와 옹이 박힌 나무들에 대해
자주 생각하는 날들이 지나간다.

미생(未生)

한자리에 서서
양팔을 벌려 허공을 안은 자두나무,
떠나면서 떠나지 않고
떠나지 않으면서 떠나는 것,
행려(行旅)라면, 저 핏줄 속에 우뚝한
자두나무는 표표하다 하겠네.

운명 따위는 믿지도 않았지.
11월이 와서 시든 풀밭에는
고라니나 족제비 따위가 배설물을 흘려 놓았네.

혼자 이과두주 마시는 밤에 첫눈이 오고
눈꺼풀이 없는 자두나무여,
쓸쓸함 따위 개에게 던져 주어라!
밤의 하중을 견디고 서 있는 자두나무
너의 뿌리들은 식는가?
돌 속에 갇힌 그림자는 돌 속에서 우는가?

고집 센 뿔로 허공을 들이받는 흑염소,

독 없는 뱀,

부리와 괄약근만으로도 충분한 종달새,

머리숱 없는 아버지의 백회와 정수리,

왜 이 모든 것들은 한통속인가?

실패의 쓰라림 따위는 모르는

어린 것들과 그 어린 것들의 젊은 어버이들,

혈연으로 얽히지 않은 밤눈과 자두나무들,

이 모든 것들은 왜 아직도 미생인가?

일요일이 지니간디

당신이 외롭든 그렇지 않든,
그건
중요하지 않아.

중요한 것은 단 하나
당신과 내가
지금 살아 있다는 것,

가을 곰들이 겨울잠을 준비한다는 것,

천 개의 밤을 혼자 견딘다 해도
당신, 울지 마!
천 개의 밤이 벽일지라도
당신, 울지 마!

또 다른 일요일이 올 테니,
웃어!
춤추고 노래해!

숯

숯제 타 버린 기억들,
너는 죽은 것이나 마찬가지다.

양어머니의 골다공증 고관절보다
더 약한
나무의 검은 뼈,

팔꿈치 세 개가 닳도록
건반 없는 피아노를 쳤으니,
너는 죽은 것이나 마찬가지다.

달은 차다.
숯은 검다.

숫기 없는 숯아,
한 줌의 불도 품지 못해 싸늘한 혼아,
오라, 네 찬술을 마저 마시고
한숨도 쉬고
슬픔도 달래렴.

긴 뱀에게

호연지기를 키우지 못한 나,
강을 따라 상류 끝까지 가 본 적이 없고
물론 하류 끝까지 가서
강이 어떻게 제가 펼친 것을 거두는지도
보지 못했다.

먼 곳이 멀리 있으므로
먼 곳을 사랑한다고 말한다.
모과나무 가지에서 모과들이 익는데,
떨어진 것 두어 개,
떨어질 열매조차 없는 것은
늦가을의 수치다.

모과나무 아래로 긴 뱀이 지나간다.
왜 긴 것들은 나무에 달리지 않고
땅에 몸을 펴는가?
시든 작약은 작년 봄의 기쁨,
먼 곳은 미래의 가련함,
긴 뱀은 긴 몸뚱이의 오늘이다!

산다는 것은 마음이 겪는 사건,
입과 꼬리 사이가 먼 뱀을 바라보며
오늘이라는 사태를 겪어 내는 것이다.

모과나무가 제 열매를
두 개나 떨어뜨린 저녁,
모과나무 아래에서 모과 열매 두 개에 대해서도
곰곰이 생각해 볼 것이다.

일요일의 시차

흙이 녹을 때, 우리는
목소리를 낮춘다.
당신은 차라리 소용돌이치는 산이다.

목가구(木家具)는 네발 가진 짐승,
왜 밤의 야경꾼처럼 울지 않는가.

일요일에 우리는 심심하지 않다.
심심함은
개와 자두나무와 하품하는 영혼들의 몫,
깊은 곳에서 겨울이 자란다.
다시 그림자의 세계가 번성한다는
소문이 번진다.

물속에서 노니는
물고기,
무지개는 당신의 마음인가.

일요일이 오고 가는 사이에서

무릎이 닳은 귀뚜라미들이 최선을 다해
울 때
당신의 귀는 기꺼이 귀뚜라미 쪽으로 기울고
마음은 최선을 다해 우는가.

북국 청빈

기러기 가는 곳이 북국이던가?
늦가을의 바다가 저문다.
어머니 손을 놓치고 바라본 북국의 바다,
바다는 여치 소리를 내고
상강(霜降) 이후 서리와 바람은 저마다 일로 바빴다.

샘물은 나지만 자두나무는 없고
엉덩짝마다 몽고반이 있는 저녁들.
기러기 오는 곳이 북국이던가?
발가락 시린 하늘,
땅엔 오두막집 한 채,
월훈(月暈)은 늘고 살림은 줄어도
늙은 여자는 늙고 젊은 여자는 젊었다.
단 열매들이 낙과하는 늦가을 먼 곳을
나는 신앙도 없이 여행 중이다.

북국은 은둔자의 고장,
가끔 지붕이며 사람이며 집짐승이 날아가는 곳,

가난과 쓸쓸함을 빌미로 핀 국화들이 국화답던가?
저녁은 슬그머니 어여쁜 그늘을 내려놓던가?

허영심을 여러 필 팔아서라도
기어코 구하고자 했던
북국의 쓸쓸함과 청빈!

비의 벗들

비는 달콤하지 않고
맹물 맛이다.
비는 최소주의로 쪼개진 입술들,
파초, 돌, 모란, 연못, 댓잎들에
츱츱츱 소리를 내며 키스를 하는
빗방울,
빗방울,
빗방울,

강철의 비는 여전히 나를
단련시킨다.
벗들이 비를 핑계 삼아 술을 마실 때
술에 술맛을 더하고,
실연에 실연을 더하고,

달이 즙을 뿌린다.
여럿이 마시면 여럿이 취하고
혼자 마셔도 여럿이 취한다.
비와 세월에 취해
노래하는 비의 벗들.

3부

노래가 스미지 못하는 속눈썹*

선량한 사람들의 소규모 살림살이,
목청 좋은 시냇물과 종달새의 소리 없는 노래,
한 줄로 서서 오는 저녁을 바라보는
벙어리들,

꽃 지는 밤에 꽃 지는 걸 보는
모자(母子)의 미약한 슬픔,
쥐려고 해도 쥐어지지 않는
한 줄 수평선,

이건 노래,
노래라도 지천인 노래는 아니고
뻘에 묻힌 천년 침향 같이
깊고 슬픈 노래,

오직 한 사람을 위해 부르는 노래,
속눈썹 파르르 떨며 맞는 노래!

* 파울 첼란의 시구에서 제목을 따왔다.

서리 위 족제비 발자국을 보는 일

나무에 옹이가 생기는 것,
후박나무의 잎을 낚아 떨구는 것,
이것은 자연의 일들.

풀밭 위에서 고라니의 배설물을 보는 것,
문들에게 경첩을 달아 주는 것,
이것은 사람의 일들.

자연의 일과 사람의 일 사이
경계가 무너지면 척추의 윤리도 무너질 것.
낙담과 가난 위로
저녁 종소리가 밀물로 와서 덮어 가는 것을
듣는다, 우리가 식물이라면
낮은 존재들이 모여 부르는 저 허밍은
명예와 맞바꿀 양식이 될 것,

쫑긋, 귀의 기척을 부르는 오래된 짐승의 울음은
슬프고도 숭고한 양식이다.
서리 위에 찍힌 족제비 발자국들과 마찬가지로

인류의 어떤 고뇌와 슬픔들은
아직까지 알려진 바가 없다.

백 년 인생

눈이 내린 눈 위에 다시 내리고
나는 빗자루를 집어던지고 돌아선다.
눈은 먼저 내린 눈 위에
조용히 자리잡는다.
실로 엄격한 눈의 위계질서다.

내린다, 저 눈꺼풀도 없는 것들,
내린다, 저 말을 잃은 벙어리들,
내린다, 저 무희(舞姬)들의 희디흰 발들,

눈이 천진하게 내린다.
눈의 무게로 소나무 가지들이 찢어진다.
큰곰자리, 천칭자리, 처녀자리, 전갈자리, 물병자리 들도
일찌감치 다 문 닫은 밤에
어리석고 젊고 세속적인 우리들,
중국술과 튀긴 두부를 먹고 취해
피아노를 치고 담배를 피웠다.

밤새 눈이 내리고

피아노를 치고 담배를 피던 그들이 돌아갔다.
눈은 백 년 인생을 다 덮을 기세다.
실로 큰 눈이다.

벗들 돌아간 뒤 혼자 자다 깨서
멍든 데를 가만히 더듬는다.
멍든 데 아래로 얼어붙은 바다,
다시 차가운 감촉 속에서 깊어지는 잠,
인생은 암중모색이다.

구빈

자두나무 베어 낸 자리에 온 가난,
당신과 나,
자두나무 한 그루 없이
이웃들은 저녁마다 흑염소처럼 울었네.

자두나무 베어 낸 공지(空地)를 건너온
족제비가 부엌 안쪽을 들여다보네.
늦가을 저녁 마당엔 눈썹 검은 저녁이 오고
우리는 자두나무 한 그루 갖지 못한 채
얇아진 가슴을 안고 살았네.

가끔 고요의 안쪽에서 울리는
깃 없는 메아리의 캄캄함에 귀 기울이는데,
살얼음 딛는 아이 같이
당신 발은 젖어 있었네.

자두나무를 벤 뒤

자두나무를 베자
그 자리에 연한 그늘이 생겼네.
자두나무 그늘과 함께
당신의 비밀들이 번성하던 시절은 가고

자두나무를 벤 손에는
죽어 울지 않는 산새들,

개간지에는 옛날의 눈썹들,
매화 꽃잎인 듯 떨어진 눈썹들,

이마를 가만히 짚는
섣달그믐 저녁의 윤곽,
북방의 어느 여인숙에서
막 나온 차가운 손!

눈 속의 자두나무

한밤중 큰 눈이 내리고
눈을 이고 서 있는 자두나무,
자두나무는 자두나무의 미래다.
설원의 자두나무,
자두나무 눈썹은 하얗다.
자두나무는 초탈에 대해 말한 적이 없다.

어디서 왔느냐, 자두나무야,
자두나무는 큰 눈을 인 채
붉은 자두 떨어진 방향으로 몸을 기울인다.
우리는 자두나무의 고향에 대해
알지 못한다.

붉은 것은 자두나무의 옛날,
자두나무가 서럽게 울 때
저 자두나무는 자두나무의 이후,
자두나무의 장엄이다.

하얀 부처

여자가 벌린 가랑이 틈에서
쏟아지는 자두나무,
자두나무는 자두나무 속으로 들어가
긴 잠에 든다.

멀리 가는 자는
목적지가 있는 자가 아니라 헤매는 자,
목적지가 없는 자두나무는
붙박이로 일생을 마친다.

자두나무가 눈을 맞으며 서 있다.
눈 받으며 열반(涅槃)!
하얀 부처는 꿈속에서 꿈을 꾸고
반쯤 눈 감은 자두나무,
어깨에 까마귀들이 앉아도
꿈쩍 않는 저 부처.

지평선

천 년마다 한 번씩 열리는
눈꺼풀,

만질 수 없는 하얀 이마 아래
검은 눈썹,

겨울 정원의 자두나무

대기가 겨울로 내리꽂힌다.
그해 아버지는 사라졌다, 검은 방으로
독니가 없는 뱀들이 숨고
푸른 자두나무가 달을 낳는다.

달과 자두나무가 그토록 빨리
망쳐지리라고는 생각지 못했다.
불꽃과 비의 영향력을 과소평가했다.
푸른 거북 열 마리,
푸른 열매 일곱 개와 뱀의 눈꺼풀들,

여기저기 상심(傷心)들이 얼어붙고
멧새는 날지 않는다.
겨울 정원엔 동물 사체 썩는 냄새들,
덜 마른 빨래들이 펄럭이는 저녁,
여동생들이 회충을 토해 낸다.

자두나무들이 자라지 않는다면
여름 정원과 없어진 바다의 역(驛)들도

명분이 없을 테다.

팔뚝에 문신을 새기고,

우리는 낮은 위도(緯度)에서 오줌을 누었다.

침을 찍찍 뱉으며

얼른 어른이 되고 여름을 맞으려 했다.

추락하는 저녁

긴 뱀들이 지나가고
기분이 새 기류를 형성할 때
후두두 땅으로 떨어지는 새들.
쿵, 하고 땅에 머리를 쥐어박히는
낙과(落果)들.

저녁은 필사적으로 어두워진다.
어둠은 알아들을 수 없는 저녁의 외계어,
시침질한 자리들이 닳을 때
아침 날빛과는 바꿀 수 없는
저녁 기분들과 함께 오, 낮아지는 피.
피와 기분들이 출몰하고
백일몽이 길쭉하게 늘어나는 저녁,

웃어라, 자두나무!

황무지에 서 있는 자두나무를 보았다.
커피는 식을 것이다.
늦가을의 마지막 열매들이 마저 떨어지고
부엌세간이 줄고
먹구렁이들은 사라질 것이다.

어둠은 어둠으로 충실하고
자두나무 가지에 와 앉아 늦게까지 울던
가슴팍이 붉던 새가 날아간다.
빗방울과 씨앗들과 새들은
먼 곳과 더불어 끝이 묘연하다.
지금 오지 않은 것들은
내일도 오지 않을 것이다.

황무지에 서 있는 자두나무,
세상에 없는 어머니인 듯
자두나무 옆에 서 있는 당신,
당신이 미소를 짓고 있는 동안 커피는 식었다.
늦가을 저녁 어스름 속에서
당신과 자두나무는 잘 분별되지 않았다.

지나간다

가을 외동딸인 쇠잔한 그늘,
당신 쇄골 그늘보다는 짙은 섬돌 아래 상그늘,
저 단풍을 꿰어 비치는 영롱한 비단 햇빛 몇 필,
가고 오는 것들 중에서 그중 살뜰한 것들,

모란이 가면 모란이 또 오고
수탉이 가면 수탉이 또 오고

흰 개 가을의 끝물 보슬비 장호원 벚꽃 손 여자 웃음 여름 반딧불이 노란 참외 튤립 시 분 초 날들 해 모란과 작약 아내 북향 살얼음과 눈보라 그림자 땡볕 긴 뱀 푸른 제비 수련 나비 얼음과 서리 귀뚜라미 청동 구름 마당 돌 매화 새벽빛 녹음(綠陰) 노래 번개와 우레 우편배달부 자두나무 편백나무 강릉 통영 해남 꽃비 거북 눈물 조생종 사과 시월 파초 처녀 인류…….

이것들은 다 지나가는 것들에 속한다.
지나가고 지나간다.

지두나무 산매(三昧)

팔의 원 속에 있는 시간들이 흩어져도
소금과 태양과 빛의 속도는 여전하겠지.
내일의 구름과 오늘의 구름은 그 모양이 다르겠지.
사라진 것들이 돌아오고
돌아온 것은 다시 사라지겠지.
그동안 어리석은 자아의 윤곽은 흐려지겠지.
내가 아닌 나로 살아 보려고 애쓴 날들 속에서
붙잡거나 만질 수 없는 것들이 흐려지듯이.

차가운 손이 던진 그물에 걸려
오래 퍼덕거렸지.
새벽 당신 가슴에서는 자두 냄새가 났지.
죽은 이의 머리카락과 마찬가지로
당신은 잊히겠지만 자두 냄새는 남겠지.

호수가 꽝꽝 언 한겨울에
눈과 진눈깨비를 견디는 자두나무,
문장 첫 줄을 얻으려는
나와 자두나무는

지금 번개와 우레에 관하여

삼매(三昧) 중.

가두나무 시계 수리공

고장 난 시계들을 고쳐야 한다면
내가 맡고 싶었다.
세계의 시계들이 똑같이 정오를 알린다면
지금보다 훨씬 더 보람이 컸겠다.

시계들이 자정을 가리킬 때
흐르는 물의 기슭에 와서 발을 씻는 달,
시계는 기슭과 전환점과 별들을 가리킨다.

낮에는 시계를 수리하고
저녁에는 귀가해서 목과 귀를 씻는다.
목은 진실의 중심을 떠받치는 축,
귀는 견뎌야 할 가난,
나는 평생 시계를 고치는 사람,

시계들이 제각각 다른 시각을 가리킨다면
달과 별들의 운행은 엉키고
낮밤과 계절들은 어리둥절하겠지.
시계 수리공이여, 시간과 운명에게 흉금을 털어놓으라.

녹색을 뚫고 오는 이 혼동을 책임지고
네 과업을 마쳐야 한다.

측편(側偏)

복숭아나무가 열매 몇 개를 매달고
비탈에 자랑스럽게 서 있다.

비옥한 땅에 뿌리를 내리고
암흑의 형질로 단단해진 복숭아나무,
경서(經書)를 못 읽는 복숭아나무,
헤엄치는 법도 못 배운 복숭아나무,

복숭아나무는 6월의 총아(寵兒),
헤아릴 수 없을 정도로 많은 재능을 가진 미녀,
번복할 수 없는 땅의 평결,
노래할 줄 몰라도 복숭아는 둥글다.

바람도 떨어뜨리지 못한 달콤한 열매,
누가 저게 새가 아니라고 말할 수 있는가?
날개 없는 여름의 새,
나뭇가지에 달라붙어 있는 벙어리 새,
누구를 위한 복숭아인지는 묻지 마라.
복숭아가 복숭아인 것은
제가 복숭아라고 믿는 까닭이다.

4부

우산

누가 이별의 왕으로 호명했을까?

네 아래 넓은 까만 염소들의 풀밭,
그늘과 은신처들이 자라고
수만 물고기들이 뛰놀았지.

누가 사교의 제왕으로 불렀을까?

눈썹에는 간밤 꿈이 매달려 있구나.
도살장과 수평선을 기르는
너의 푸른 내면,

우리에게도 그늘과 물고기들 같은 식솔들이 있었지.
푸른 뱀 아홉 마리가 떠나고
푸른 열매 열세 개가 떨어진 뒤
우리는 푸름을 잃었지.

식솔 없이 혼자 사는 나날들!
푸름이란 푸름을 탕진하는 것,

웃음과 자두나무와 목도리와 별들이 사라진
무(無)와 공(空)의 나날!

오전 7시

환각제 20밀리그램의 효과가 사라지는 시각,
잠 깬 어린애가 어린애로 발명되는 시각,
청명하다.
자명하다.

목청을 가다듬은 새들의 노래를
공중에 흩뿌리는 자는 누구인가?

자, 아침이다!
뱀들이 구멍을 떠나고
별자리들은 철야 영업을 끝내고
밤새 굴 파던 두더지들도 땅속에서
잠이 드는 시각,

아침 날빛과 함께
달인(達人)과 소녀들과 우울의 왕이 들이닥친다.
어제 죽은 자들이 제 주검을
자랑하는 이 날빛 속에서
산 자들은 도무지 죽을 수가 없다.

무심코

늙음에는 익숙해질 수 없는
낯선 게 숨어 있다.

살구나무가 살구나무의 일로 무성하고
살구나무가 그늘을 만드느라 바쁜 동안,
사람들은 사람의 일로 바쁘다.

옛날은 옛날의 일로 견고해지고
떠난 사람은 돌아오기가 수월치 않아 보였다.

노모는 아프다.
대장에 번진 암 덩어리를 들어냈으나
회복하려면
백 년은 더 지나야 한다고 했다.

문득 내가 짐승일 때

누구 두개골이 공중에서
저리도 하얗게 빛날까?
고요가 산통도 없이 금광호수를 쑥 낳는다,
만월(滿月)!

버드나무 짐승들이 고요의 방탕함에 질려
포효한다.

늦은 저녁이 덜 늦은 저녁일 때
밥 끓이는 일 미루며
느적느적 숨을 이을 때
내가 짐승이라는 사실이 지루했다.

가두(街頭) 주유소

한 조각의 빵도 한 잔의 포도주도 구할 수 없는
내 영혼을 주유소라고 부르자.

혈당치가 올라가는 아침,
주유소가 녹색 숲을 등 뒤에 두고 나타난다.
맹금들이 우글대는 녹색의 숲,
현자들의 몽유도원(夢遊桃園),
도심에서 외곽으로 빠져나가는 사거리에서
호객은 늘 실패한다.

오전의 주유소는 허영심들이 자라나는 곳,
세속화된 척추를 가진 자들의 회합 장소,
악의는 없지만 선의도 없다.
물방게와 여뀌도 없으니까
권태의 신(神)이나 겨우 세 들어 살만한 곳,
직업의 달인에게는 곁방살이를 허용한다.

차가운 탁아소와 불타는 천국,
부처, 이방인, 뜨내기 일꾼들, 이주 노동자들이

모여 고양이처럼 웃는 곳,
오래된 영혼과 영혼들의 유령이 모이는 곳,
주유소에서 창백한 혁명은 일어나지 않는다.

숯과 집

우리가 입은 것은 검은 땅,
격렬한 불,
무거운 알콜,
하얀 석탄,
올이 다 풀린 얼굴,
노란 불빛의 울음들이다.

그걸 자비의 혹독함이라고 부르든
지평선이라고 부르든
벌거벗음의 수치를 면할 수 있었으니,

자, 지금은 꿈꿀 시각,
빵들이 오븐에서 나오는 오후 3시,
고아들의 수유 시간,
한 방울의 즐거움과
다시 돌아오는 옛날들,
누가 뭐래도 실패의 관(棺)들을 보관한 곳,
여러 개의 거울들과 구석들이 혼례를 치르는 우주,
먼지가 된 기밀문서를 펼치는 저녁들,

벽들의 합창이라고 부르든
지붕 아래서의 분열증이라고 부르든
우리는 그곳에서
치명적 다정함과 사소한 편애들을 나누고
사과 열매가 떨어지지 않는
계절들을 기를 수 있었다.

야만인들의 여행법 1

우리는 멀리서 온다.
멀리서 오기 때문에 우울하지 않고
다만 거칠고 성마른 상태일 뿐이다.
멀리서 오기 때문에
우리 트렁크에는 비밀과 망각이 없다.
우리는 당신들이 흔히 야만인이라고 부르는
그런 부류다.

우리는 멀리서 온다.
그것은 과거로의 이동,
순결한 타락이다.
우리가 멀리서 온 것은 죽은 고기를 먹기 위해서가 아니다.
별이 밤하늘을 선택하지 않았듯
우리가 이 도시를 선택한 것이 아니다.

불꽃이 석탄에서 오고
벌레들이 축축한 낙엽 밑에서 기어나오고
야만인들은 검푸른 숲에서 온다.
먼 검푸른 숲에서 와서 잠시 머물고

더 먼 곳으로 떠날 것이다.

천 년 된 자두나무들이여, 가지에 열린
저 망각의 풍요한 열매들을
바람이 불 때 모조리 땅으로 떨궈라.
대지에 대한 너희의 순정을,
중력의 법칙에 숨긴 저 무서운 정치들을 증언하라.

우리는 멀리서 온다.
더는 떠나지 않기 위해서 온다.
먼 곳은 없다.

야만인들의 여행법 2

오늘은 아직 오지 않은 옛날.
저녁들이 얼마나 오랜 태곳적의 것들인지를,
새들은 냄새 맡지 않아도 안다.
저녁의 맨 아랫단에 서식하는 침묵은
닳고 닳아서 끝이 나달나달한데,
우리는 저녁의 솔기를 붙잡고
아주 먼 데서 오는 새로운 저녁을 바라보곤 했다.

해지는 벽에 기대어 저녁의 책들을 읽는 우리를
너희들은 야만인이라고 한다.
쐐기풀 숲에서 날아오른 새들이 야만인들에게 경고한다,
저녁의 침묵에 또 다른 침묵을 얹지 마라!
저녁은 무게를 견디지 못해
어둠 속으로 침몰할 거야!

배고픔과 돌들을 배낭에 넣고 우리는 떠날 거야.
머뭇거림은 바로 야만인들의 낯익은 숙소,
오래 머무를 수 없는 숙소.
기다림의 비행(卑行)이 우리를 망쳤으니, 우리는 떠난다,

저기로, 내일의 저녁이 잉태되는 곳으로,
사랑에 빠질 시간이 흐르는 그곳으로.

함부로

똑같은 날들이라고 지루하기만
할까요, 당신을 잊었어요.
잘했죠? 죽은 자들이 돌아와 머리맡에 앉는
아침도 있었지만
여전히 똑같은 날들이 지나갔어요.
딸들이 집을 떠나고.
제 바깥을 방랑하는 취미를 키우는
늑대거미들은 문설주 아래에 거미줄을 치고
몸통에 초록 줄이 선명한 새끼들을 길렀지요.
고관절들이 뒤틀린 집은 밤마다 신음을 뱉어 냈어요.
똑같은 날들이라고 즐겁기만
할까요, 내 기다림 속에 당신이 없고
당신과 나는 뒤늦게 알았어요.
내가 문을 닫을 때
당신의 귀는 문의 뒤편에서 자랐지요.
똑같은 날들이 지나가고
함부로 산 것은
오로지 똑같은 날들의 지루함 때문이라고,
생각하겠지요.

야만인들의 사랑법 1

사랑보다 더 야만스런 게 또 있을까요.
이 먹고 먹히는 야만,
우리는 오갈 데 없는 야만의 사생아들.

야만에게 야만의 책임을 물어서는 안 되죠.
내 피는 염분이 부족해요.
피 묻은 부리도 살점 낀 발톱도 없어요.
날고기를 잘 먹지 못하죠.
야만보다는 얌전한 도덕 쪽이 편하죠.

비 그친 저녁,
망원동 시장에서 간식을 사 먹고 돌아오죠.
여름이 끝날 무렵 사랑도 끝장나
나는 6그램의 영혼으로 다시 홀가분해졌죠.
검고 우울한 숲에서의 방황은 끝났죠.
저 안락한 내실의 사생활로 돌아갈 때,
권태의 감미로움으로 차츰 미쳐 가는!
당신의 나쁜, 사랑을 받아야겠죠.

야만인들의 사랑법 ?

굽고 절이고 말린 것들이나
겨우 먹으며 살았죠.
나이는 꿈들을 깨면서 견딜 수 없는 것들을
견딘 결과예요.
적금을 꼬박꼬박 붇던 사랑도 있었지만
그보다는 굴욕,
그보다는 비겁,
그보다는 뻔뻔함,

여름엔 끼니를 거른 적이 많았죠.
집에서 멀리 나가지 않고
정육점 고기를 먹은 날은 외롭죠.
위험의 크기를 감지할 수가 없으니까요.
잃은 것은 사랑이 아니라 야만이죠.
그렇죠, 위는 몸의 외부,
결국 나는 내가 씹어 삼킨 것들의 총합,
내가 먹지 않은 것은
끝내 내가 될 수 없겠죠.

소택지에 나무 그림자가 드리워지는
오후 5시예요.

당신이 떠난 지 백 일,
소택지의 나무 그림자,
그림자가 당신의 푸른 셔츠인가 하는 거죠.
나는 단추가 떨어진 셔츠를 입고
걸어가요, 나와 불화하던 무릎들이
화해를 하고
야만이 익어 가는 시간 속으로.

야만인들의 사랑법 3

밥물이 끓는 동안,
길들지 않고, 우리는 어디에도
속하지 않죠.
맨드라미에게도,
곁을 주지 않는 고양이에게도 길들지 않죠.
연착하는 기차에도
돌멩이를 넙죽넙죽 삼키는 저 강물에도
우리는 길들지 않죠.
밥물은 끓고
따끈한 절망을 꾸역꾸역 입으로 퍼 넣죠.
밥이 위를 거쳐 소장까지 가는 동안,
우리는 길드는 것에 저항하죠.
45만 년 전에 동굴에서 나온
우리를 사랑했다는 당신에게도
무심코 저지르는 작은 과오들에게도
나쁜, 사랑스러운, 야비한, 당신에게도
우리는 길들지 않죠.

야만인들의 인사법

개기월식이 있던 밤,
클럽 바닥에 맥주가 엎질러지는 금요일,
피의 흥건한 폭발!
저녁을 굶은 채 강가에서 자전거를 타고 달리죠.
어제보다 더 자란 손톱들,
어제보다 더 내려간 금리,
눈시울조차 덜 외로운 밤이죠.

수요일은 모른 척 지나쳤죠.
그땐 내가 향수병에 걸린 걸 몰랐으니까요.
목요일엔 암 보험을 해지하고
일요일에는 줄넘기를 천 번이나 했죠.
김밥의 기원을 몰라도 김밥은 맛있어요.
키스를 부르는 하오의 입술들,
당신이니까요, 나쁜, 시냇물 같이 무심하게
스쳐가죠, 안녕, 내 인사를
받지도 않고, 아, 개기월식,
어디에나 무자비한 행복이 즐비한 밤!

야만인이 쓴 책 열한 페이지

세계의 불안이 우리를 사육한다면
야만인을 기른 것은 숲 속의 검은 눈동자,
검은 것은 슬픔의 시작,
야만인은 도착하자마자 운다.
모호함과 연약함 때문에 울었으리.
우리 안이 그토록 많은 수치심의 서식처들이라니!
몸에서 솟구쳐 빠져나오려는 말들.
겨우 말이 되려다가 마는 말들.

너, 짐승 아니었어?
너, 귀머거리 아니었어?
너, 말할 줄도 알아?

야만인을 기다리며

죽음이 왼쪽 눈으로 나의 부재를 본다.
후박나무 잎이 떨어질 때 오후 5시는
집개가 조용히 숨을 거두는 마당에 도착하고
당신은 본다, 우연을 확장하는 이 부재의 시각을.
죽음은 과거들의 미래,
내일의 모든 약속을 철회하는 나.
화요일의 밤은 화요일의 밤으로 깊은데,
어제 저녁을 먹고 잠든 내가 없다니!
미래는 이미 발밑에 엎질러져 있다.
몸통에서 팔 두 개는 늘어나고
귀는 자정 넘어 차츰 커진다.
후박나무 잎들이 바람에 흔들린다면
화요일의 나는 착한 사람이었던가?
나는 신중해지기로 결심한다.
새벽 신문이 배달되고 태풍은 소멸된다.
꿈속에서 김밥을 마저 먹고 편지를 썼다.
밤의 이빨들이 어제보다 더 자라고
어떤 날들은 빨리 흘러간다.
야만인들은 아직 오기 전이다.

저 숲속에서 서성거리는 당신!
정작 우리는 미래의 야만인들,
새로운 야만인을 기다리는 불굴의 야만인들,

오후만 있던 일요일

검은 눈동자들 천 개가 반짝이는 숲에서 나온 뒤
얼굴은 하나의 풍경이다.
하늘에 머문 구름들,
얼굴을 구름이라고 하면 안 되나?
문들을 지탱하는 경첩들,
당신은 경첩들의 외로움을 아는가?
아침의 새들과 세상의 거짓과 웃음들,
지금 먼 곳에 비가 내리고 있다.
당신이 텅 빈 고아원 복도에서 웃을 때
거리에서 파안대소하는 야만인들!
그림자 수만 개를 데리고
일요일이 멀리 사라질 때
삶에도 죽음에도 두려움이 없는 후박나무,
야만인들은 서둘러 떠났다.
오후엔 바람이 불었다, 나는 슬펐다.

5부

야만인의 퀭한 눈

당신의 화법에 적응하기가 힘들어.
당신은 자주 흥분하지.
술자리에서 웃고 떠들 때도
혼자 멀찍이 고립되는 느낌.
아기들이 우는 게 싫어.
수요일마다 동물원 나들이도 시들해.
호랑이의 맥 풀린 눈동자는 우울해.
비단뱀을 세 마리나 쯤 길러 볼까?
아령을 아침마다 천 번씩 들어 볼까?
새벽하늘에 흐르는 모래 빛 구름 아래
길고양이들이 울부짖네.
관에 누운 시체들이 벌떡 일어나 담배를 피워.
이 짓도 지겨워!
날마다 죽는 연습을 그만 둘까,
가을밤에 당신은 낮게 중얼거리네.
바람이 부는 거리를 보는
당신의 고요하고 퀭한 눈.

야만인이 야만인에게

추운 저녁 살얼음이 얼고
살얼음 아래로 당신이 흐르네.
모란 동백 필 때까지
가지 마라고,
가지 마라고,

추운 저녁 들판에 나는 없고
당신은 살얼음 아래로 흐르네.
나는 물가에 서서
살얼음의 노래를 듣네.

모란 동백 질 때까지
돌아오라고,
돌아오라고,

발목들

지친 구름,
세 든 집의 들보가 아냐.
아냐,
아냐,

새들의 평상(平床),
뱀들의 날개,

발목은
발의 목,

발이 고용한
비정규직 노동자!

피의 준요함을 노래함

피는 표고(標高)를 갖지 않는다.
표면도 심연도 없다.
피는 죽어서도 닿을 수 없는 높이,
끝없이 내려가는 온화함!
핏속에 느리의 암컷들은 살지 않는다.
피는 활짝 피는 식물성의 세계,
돈이 통용되지도 않는다.
피는 무정부니까,
피는 무경제니까,
머리 위에서 이글대는 태양에도 뜨거워지지 않는다.
피의 서가들은 고요,
피의 점포들은 서늘한 북쪽,
제 안에 들어왔다 나간 새들의 흔적에 대해
새들의 괄약근에 대해 무지하다.
은멸(隱滅)하는 것들의 세계 속에서
천천히 흘러내리는 피,
흐르고 흘러서 고요를 쌓는 피.

국수

지느러미도 깃털도 없는 나를 위해
노모가 점심 식사를 내온다.
직립인의 고요한 식욕에 부응하는 이것,
뼈도 근육도 없는 이것,
비늘을 가졌거나 가시를 가진 것도 아닌 이것,
두드리고 때려 단련시켰건만
물과 만나 허수히 무너지는 이것,
여럿이되 하나고
단순하되 극적인 이것,

한 끼니의 편의,
미끈거리는 촉감의 허영심,
오랜 명망과 혁명의 동지들,
가느다란 양생(養生)의 꿈들!

늙은 자작나무의 피로한 무릎

늙은 자작나무 무릎의 분홍 광대무변(廣大無邊)에
뱅골 호랑이 두어 마리,
피 묻은 송곳니와 진흙이 낀 발톱,
달밤과 포효하는 무시무시한 느리들을 위해
왜 노래하지 않는가?

어느 날 녹색 셔츠를 입고 늙은 자작나무 근처에 있다가
뱅골 호랑이가 우는 소리를 들었다고 했다.
늙은 자작나무의 잿빛 삶에 깃든 불사조의 꿈들,
최선을 다해 외로워했던 계절들을 위해
왜 노래하지 않는가?

토성이나 천왕성 여인숙에서 밤새우던 날들,
꿈엔들 꿈엔들
우리는 왜 수마트라의 섬들을 위해
혹은 미로와 하구(河口) 들을 위해 노래하지 않는가?

주어와 동사는 가지런하고 목적어는 불분명했으나
맥락들은 모호해지지 않는다,

우리가 이미 모호함을 선점하고 있었기에.
무당벌레거나 여뀌거나 뱅골 호랑이거나 자작나무거나
가서 돌아오지 않는 것들의 사소함을 위해
우리는 노래하리라.

살고 죽는 것의 사소함으로 웃는 우리,
사랑이 그렇듯 죽음의 사소함도
우리는 노래를 하며 차츰 배우게 될까?

저마

봄엔 모란과 작약,
가을 하늘엔 수리와 매.

박영대 씨, 류연복 씨, 김억 씨, 정경량 씨,
그대들을 지척에 두고
박새 곤줄박이 뻐꾸기 물까마귀 유혈목이 고라니 너구
리 따위와 함께
태정이네 아랫집,
가협마을 밤나무 숲 가 집에서 살았네.

네 편두통을 삼켜 석류는 붉고,
대추는 내 것도 네 것도 아닌 근심으로 다닥다닥 열렸다.
네 발등의 부기를 염려하면서
어둠 두 필을 안고 오는 가을 저녁의 적막,
고마워!
어디 한군데 어여쁘지 않은 데 없는 가을 저녁의
늠름한 외로움.

가협마을 집집마다 늦은 저녁밥 앉히려고

쌀 씻는 소리,

내년에도 죽지 마!

슬픈 가축

실연의 흔적,
누군가를 사랑했다는 증거를 남긴 야만인,
달과 자두나무 아닌 그 무엇,
폭식과 배고픔 사이에서 헐떡이던 자,
아비가 없는 아비,
내부가 온통 종이 뭉치인 자,
깨져 조각조각 난 무의식의 거상(巨像),
시간의 기슭에 흘러온 조난자,
여자의 몸에서 유출된 유전자 정보,
겨우 미래의 무인(無人),
생존 기술의 소규모 집합체,
어제 생명 보험을 해지한 자,
어제 김밥을 먹은 자,

과연 나는 젊은 무릎과 늙은 무릎 사이에서
비밀을 지키기 위해 이기주의자가 되어 버린 것일까요?
세계의 끝에 서 있는 욕망하는 단백질일까요?
동사무소에 등록된 생각하는 뇌일까요?
자두나무나 그 그림자가 아닌 건 분명하니까,
나는 나 아닌 것의 신기루일까요?

나무들의 귀

밤의 연못들은 깊고
도처에 수심(水深)은 수심(愁心)이다.

공중을 떠다니는 파란 원석에서 쪼개진 조각,
반쪽 사과의 향(香),
물과 흙으로 빚은 파란 태양들,

너는 작구나!
살림 규모도 작겠구나!

은둔자를 찾았던 손님들이 돌아간 뒤 검정개가 짖고
밤의 부엉이와 무당개구리가 울 때
공중과 풀숲에서 반짝이는
무수히 많은 나무들의 귀!

묵음(黙吟)

당신은 꿈속에서 우는데,
귀 없는 오후 때마다
나는 베갯잇 쑥색 수(繡)에 학 세 마리와
늙은 태양을 데리고
선유도 공원이나 산책을 했네요.

햇빛 닿는 곳마다 사타구니 오므리는 추색(秋色).
밤 대추 따위 여문 가을 물산들과 함께
장맛이 깊어질 때!
속 붉은 과물(果物)이 무르익어 알알이 터져 버리는
이 가을 초유의 사태!
나는 영물(靈物)일까요?

학이 날던 날은 흘러간 날들,
당신은 말을 잃은 채 꿈속에서 우네요.
좋은 날들은 아직 오지 않은 날들,
어쩌면 영영 오지 않을 수 있는 날들이군요.

낙빈(樂貧)

빗방울과 산사나무 열매의 붉은 빛으로
빚은 가난,
불가피하게 당신이 가난이라면
빈 쌀독의 안쪽에 고요히 들어앉은
공허도 붉다.

묵은 울음들을 쟁인 몸의 가난과
흉터가 되어 버린 가난의 흉악에 대해서는
할 말이 없다.
이 빠진 접시거나 굴러다니는 먼지 따위가 뭉쳐진 것,
우연들로 이룬 해질녘의 가난이라면,
향후 오십 년 동안 굶어
뼛속 슬픔이 빠져도 좋다고 생각한다.

당신이 가난이면,
가난 같은 느린 노래라면,

저녁의 침대

춘분 지나 눈발,
철도 없이 미쳐 발작하는 계절이라니!
심지 않은 모란 작약들이 만발,
우연히 지구를 덮쳤다!
빛과 산소가 희박한 달의 사막에 느티나무들,
눈발이 공중에 제 몸을 푸는 계절,
저녁 침대에 누웠더니
어린 딸이 놀아 달라고 보채는데,
정작 어린 딸은 없고
귀신 여럿이 와서 침대에 드러눕네.
아버지의 아버지의 아버지의 아버지들과
할머니의 할머니의 할머니의 할머니들이
아기가 되어 내 곁에 와서 칭얼대네.
내 안의 흑점들이 커질 때
빛과 산소가 없어도 추억들은 자라고,
우듬지 잎눈에는 배곯은 아이의 눈,
누군가 느티나무를 두드리네.
누군가 느티나무의 닫힌 방문을 두드리고
회색빛 하늘에는 발 없는 새들,

죽을 때만 딱 한 번 땅에 앉는다는 새들.
이미 결혼해 태평양 건너에서 사는 딸과
스물 몇 해 전 아직 어린 딸의 시간 사이로
눈발이 미쳐, 미쳐, 흩날리네.
발 없어 꼼짝 못하는 귀신들아,
왜 느티나무는 맑고 슬픈 소리를 내는가,
왜 귀신들은 이 저녁 내게 달려드는가,
왜 나는 눈발 속의 느티나무가 아니고
저녁 침대에 누워 있는 것인가.

토마토

벚꽃이 먼 곳에서 피었기에
당신은 다정했죠.
바람이 벚꽃 꽃잎을 털어 갔기에
당신은 팔다리가 멀쩡했죠.

먼 곳에서 우레가 울고 벼락이 치고
다용도실 화분에 묻은 대파는
어둠을 삼키고 새파랗게 자라고 있었기에
토마토 같은 허파로 풀무질하듯
우리는 숨을 쉬었죠.

올 여름엔 가난할까요, 푸른 잎사귀 같이
우리는 사 먹을까요, 토마토 백한 개를
우리는 손 없는 날 잡아 이사를 하고
처마도 없는 사랑에 빠지겠죠.

계절이 자꾸 시들시들 죽지만
흘러간 것들은 다시는 돌아올 수 없기에
작년 여름의 매미 소리는 꺼 버릴 수 없겠죠.

당신과 매미 소리가 먼 곳에 있기에
무럭무럭 자란 토마토를 먹겠죠.

연둣빛으로 물다

어마어마한 눈 폭풍이 몰려오고
소나무들이 눈을 뒤집어쓴 채
영원회귀라는 벌을 받을 때
양들은 한가롭게 담배를 피웠죠.
차마 양들이 부르주아라고는 말 못하겠지만
양들은 소나무들이 꾸는 나비 꿈,
열두 차례 봄이 왔을 때
장화를 신은 구름들이 흘러갔죠.
당신과 내가 불행을 파종하고
행복을 거둬들이려고 했던가요?
우리는 날아다니느라 바빠서
꽃 가게의 문은 아예 닫았죠.
당신의 허파가 산소를 먹어 치우고
여름이 갈 때 연두, 연둣빛으로 물든
당신은 머리 풀어헤친 여자였죠.
가끔 당신은 연둣빛과 그늘의 이중주,
나는 누구인가, 라고 노래하겠죠.
시냇물 아래에 조약돌이 하얗게 울듯이
당신은 머리 풀어헤친 채 연둣빛으로 웃었죠.

당신은 아가미를 가진 물고기로 진화하겠죠.
당신이 기침할 때마다 모란이 뚝뚝 지며
새파랗게 날들이 지나갔죠,
그게 몰락의 처음이었죠.

초록 거미에게 인사를

비가 온다, 궂은 날씨 때문에
인생을 망칠 거라는 나쁜 예감이 훅, 하고 스친다.
떡갈나무 숲속의 비는 녹색,
금광호수의 비는 물빛,
영산홍 꽃밭의 비는 영산홍 꽃빛,
비마다 색깔이 다르다.

슬픔은 중첩되면서 슬픔이다.
초록 거미가 문설주 위에 거미줄을 치고 있다.
초록 거미는 초록 거미를 모르고
초록 거미의 눈높이는 문설주의 높이에 맞춰진다.

긴 밤들과 초록 거미와 나는
한통속이다.
슬픔은 도무지 모르는 슬픔의 백수들,
종일 내리는 빗줄기나 일삼아 내다본다.
도처에 흙냄새가 번진다.

빗방울들이 바다를 데려온다.

잘게 쪼개진 길쭉한 바다,
빗방울들이 바다의 조각들이 아니라면 무엇이란 말인가!
빗방울들은 깊이를 잃어버린 채 상심한다.
빗방울들은 바다의 치매를 앓는
영산홍들이 데려온 벙어리들이다.

비가 오고 있었다. 춘분과 추분 사이에서
초록 거미에게 상냥한 인사를 하자.
저 초록 거미들이 야만인이 아니라면 누구란 말인가!
새로 온 아침은 즐비한데, 아직 도착하지 않은
야만인들에게 인사를 하자.

일요인의 저녁 날씨

당신의 등에 얼굴을 묻고 울었다.
당신은 먼 곳이었으니까, 설사
우리가 연인이나 자매 사이였다 해도 괜찮다.
실컷 울고 났더니 얼굴이 사라졌다.
당신이 오지 않았으니
내 몸통에 비늘이 돋았다 할지라도
나는 괜찮다.

웃음과 행복이라면 별로 궁금하지 않아.
오래 웃지 않으니 가면으로 변한 얼굴,
나는 가정식 백반 집으로 밥을 먹으러 간다.
구백구십팔 번째 실패를 넘어 천 번째 맞는 실패를
기뻐하라, 실패가 다정해질 테니까.
깃털보다 무겁고 꽃잎보다 우울한 표류,
시를 붙잡기는 어려웠다.
가족들은 멀리 있었고
나는 물풀 아래 알을 낳고 새끼를 키웠다.

새처럼 지저귀는 당신은

비밀들을 누설하는 풍자가인가요?

아니면 독설가입니까?

시가 아주 멀리서 오는 저녁,

내가 일요일의 저녁 날씨에 따라 변할 것 같은가?

나쁜 날씨가 생의 대부분을 망쳤지.

한 번도 본 적이 없는 얼굴로

푸른 이내와 기침 소리, 모호한 웃음소리

따위를 데리고 오는 저녁의 날씨,

물론 오늘 저녁이 불행의 처음은 아니었지.

만질 수는 없으나 느껴지는

수많은 일요일의 저녁들,

시가 온다.

일요인의 모호함에 대하여

들판을 지나가는 바람이
어디론가 데려가리라.
동쪽 계단 위에 서 있는 우리,
푸른 버드나무 아래로 뱀 세 마리 지나갈 때
바람이 지구의 한숨이라는 건
더 이상 비밀이 아니지.
식인귀의 한숨들이 떠도는 하늘,
나쁜 예감을 품고 날들이 다가온다.
오후 네 시 들판은 고요하고
수로마다 물풀 아래 숨은 물고기들,
물풀에 몸을 붙인 채 잠든 물고기들.
나는 돌아가야지.
여기서 나이테가 될 수는 없지.
닫힌 창문을 열면
별들이 어린 이빨로 돋아났지.
일요일의 행성에는 구백구십팔 번째의 실패와 휴가,
느린 발걸음들,
웃음들이 붉은 튤립으로 피어났어.
노모와 마루에 앉아 육쪽마늘을 까고

늦은 점심을 먹고 난 뒤
뱀들이 사라진 방향을 뒤적였지.
지금 동쪽 계단에 당신이 서 있고
빈 방에서 거울은 뱀들을 게워 냈어.
뱀들은 어디서 왔는가?
땅의 기운과 추분의 기후를 머금은 동생들,
계단 아래까지 와서 울음을 터뜨리는
당신 등 뒤로
고도(古都)의 해가 뉘엿뉘엿 지네.
아, 거울은 내 관자놀이,
쌍꺼풀 없는 두통들이 번식하는 곳.
막 터진 생리로 미간을 찡그리는 당신,
슬픔을 모른 채 나를 기다리는
먼 곳의 빈 방들,
고집이 센 사람들과 모호함 속에서
일요일 오후를 함께 보낼 때.

여름비

키스와 포옹으로 시작하는 아침에
여름은 뜻밖의 선물이다.
여름 하늘의 방광은 작다.
작은 방광이 탱탱해지면
여름 하늘은 우리들 머리 위에 오줌을 눈다.
여름비는 황금빛 비,
유례없이 명랑하고 따뜻한 비,

여름비를 기다리는 일은 즐겁다.
여름비는 우리 안의 착한 싹들이 자라도록 돕지만
우리는 여름비를 맞지 않으려고
처마나 우산 밑으로 도망간다.

버드나무 군락지에 바람이 일면
버드나무 잎들이 일제히 술렁거린다.
곧 여름비가 내리겠지.
여름비는 황금빛 비,
우리는 어떤 죄악과 슬픔에도 쓰러지지 않고
살아남을 결심을 한다.

모란과 작약의 일들

봄 들판
엉덩이 까고 급한 오줌을 누는 여자
가랑이 사이 검은 터럭에
오줌 방울 두엇.

봄 뜰 안
작은 모란 큰 작약 꽃대들
둥근 꽃봉오리를 여럿 밀어 올렸구나,
저 둥글고 늠름한 귀두들!

야만의 힘, 타자의 가능성

조재룡(문학평론가)

> 우리는 야만으로 들어간다
> ── 미셸 앙리, 『야만』

장석주는 시를 통해, 시에 의해, 시도해 보지 않은 것이 없다고 말해도 좋을 시인이다. 사십 년 가량의 삶을 시와 함께 살아온 그에게 시는 늘 잡히지 않는 것이면서도, 순간의 기록이자 징표이며, 제 사유가 끝 간 자리에서 토해 낸 고백이었을 것이다. 분야와 주제, 언어권과 학문의 영역을 가리지 않고 섭렵한 지성의 산물이기도 했을 것이 분명한 그의 단단한 시 세계와 시력에 군말을 덧붙이는 것은 어쩌면 무모한 일에 가깝다. 그러나 시는 시다. 장석주가 시집을 상재하면서 일관되게 하려 했던 말이 이것이었을 것이라는 짐작이 타당하려면, 앞 문장의 방점이 '그러나'에 놓인다는 조건이 필요할지도 모르겠다. 우리의 물음은 지금 ── 여기 상재한 그의 이번 시집이 머금고 있는 이 '그러나'로 향할 것이다. 문음은 이렇게 주어진다. 사신을 선 문별력의 발산과 구원의 몸짓은 이 속된 세계에서 가당키나 한 것인가? 지(知)에 대한 추구와 단아한 상징으로 빚어낸 초월의 흔적들로, 저 속세에 고유한 노를 저어 불멸의 길을 하나 내는 일이야말로 시인이 애면글면 실천해 낼 최소한의 임무이자 꿈꿀 수 있는 최대한의 과업은 아니었을까? 장석주는 잘 빚어진 사유의 호위를 받으며 삶이, 역사가, 인간이라는 미물이, 저 문명의 맹점과 야만이라는 통점(痛點)들이, 모이고 흩어지는 미지의 행렬에 동참하려 무한한 변화의 순간들을 하염없는 풍경 곁으로 불러내고, 그렇게 해서 특이한 이미지들로 이 세계와 저 너머를 나란히 마주하게 하려 한다. 그의 시에 시간은 없다. 세계나 자연도, 사람도 역사도 없는 것일지 모른다. 오로지 모든 것을 제 편으로 돌려 놓으려는 의지의 산물로 우리에게 주어지는 시간, 세계, 자연, 사람, 역사가 있을 뿐이기 때문이다. 그러니까 우리가 '모든 것'이라 부른, 찬찬히 내려놓은 내면의 고통과 사랑의 흔적들, 야만을 머금은 문명의 잠재력을 일깨워 죽음과 삶, 있음과 없음, 당신과 나 사이, 깊게 파인 저 건널 수 없는 고랑을 흥건하게 적시려는 주관성의 의지가 반짝거리며 제 빛을 뿜어낼 뿐이다.

지성의 발화 ── 개념적 사유

　장석주의 시는 독특한 방식으로 지성에 내기를 건다. 그의 시가 얇으로 빚어진 도자기와 같다고 한다면, 그것은 그의 작품에 산재한 개념어들이 시집 전반에 지성의 무늬를 새겨 넣기 때문이다. 장석주 시 고유의 문법이자, 특성 중 하나가 여기에 있다고 해야 할지 모르겠다.

　　자두나무 소매 부리를 적시는 석훈(夕暈),
　　검정은 검정을 잊은 황량한 바다,
　　땅이 밀어내고 하늘이 누르는
　　자두나무는 귀머거리 맹금(猛禽),
　　검은 젖을 마시며 포효하는가?
　　가지마다 천 개의 귀를 달고
　　검정의 한가운데에서 검정을 듣고 있는
　　자두나무의 맥동(脈動)을 들어라.
　　자두나무의 방광에는 검은 오줌,
　　검정은 다만 검정이 아니듯
　　번쩍이는 저 여름 자두나무의 검은 동공,
　　일순(一瞬) 세계의 비밀을 봐 버린
　　자두나무는 검정이 낳은 새,
　　검정의 슬하에서 검정의 젖을 먹는 새,
　　자두나무는 날아오르려는가?

자두나무는 밤의 지고(至高) 속에서

검정을 찢고 검정의 창공으로

솟구쳐 날아오르려는가?

　　　　　　　　　　　　　—「저 여름 자두나무」

　시인은 '해진 뒤 어스레한 빛' 대신 "석훈(夕曛)"을, '맥박
의 운동'이 아니라 "맥동(脈動)"을, '아주 짧은 동안'이 마땅
해 보이는 자리에 "일순(一瞬)"을, '지극하게 높음'을 "지고
(至高)"라는 단어로 적어 놓았다. 사물의 존재나 상태를 간
략하고도 압축적으로 표현해 내면서도, 저 깊이도 부여하
는 어법이라고 말하는 것만으로는 충분히 설명되지 않을
장석주 시의 특성이 이 한자의 사용에서 생겨난다. 한자를
매개로 우리는 어디론가 초대받거나 침투해 들어갈 수밖에
없기 때문이다. 거기서 우리는 오로지 근사치의 값으로, 그
러니까 개념적 사유의 결과로 주어지는 시의 친화력, 그러
니까 어떤 특수성을 만나게 된다. 이 근사치의 값은 한자로
된 단어가 복합적인 어의(語義)를 머금어 "암시적인 가치"*
를 뿜어낼 때 생성되는 특수성이라고 해야 할 것이다. 그
리 난해하다고 할 수 없는 위 작품이 '낯섦'의 세계에 진입
하는 것은 바로 이 한자어의 이 암시적 효과가 우리의 독
서에 크고 작은 제동을 걸어오기 때문이다. 우리에게 생경

* 프랑스와 줄리앙(François Julien, *La Valeur allusive*, P.U.F., 2003)은 한자의
조합으로 이루어진 낱말들 고유의 성격을 "암시적 특성"이라고 불렀다.

한, 시화(詩化)의 일환처럼 보이는, 한자로 이루어진 개념어들의 빈번한 사용은, 시 전반에, 마치 깨진 도자기를 다시 수선하여 이어 붙인 것과 같은 독특한 흔적을 남긴다. 장석주의 시가 근사치로만 존재하는 미적 공간의 창출에 몰입하고 개념적 사유를 추동해 내는 것은 바로 이 흔적, 저 친화력의 힘 때문이다. "여기저기 상심(傷心)들이 얼어붙고"(「겨울 정원의 자두나무」)처럼, 개념어를 동작주로 사용하는 감정의 활유적 어법이나 "은멸(隱滅)하는 것들의 세계 속에서"(「피의 중요함을 노래함」)처럼 응집의 무늬를 시에 돌올하게 새겨 넣는 효율성("은멸하는 것들"은 사라져 가는 것들과 같지 않다!), "햇빛 닿는 곳마다 사타구니 오므리는 추색(秋色)"처럼 '가을을 느끼게 하는 경치나 분위기'를 한 단어로 담아낸, 경제적이고 압축적인 사용을 통해 추체험의 세계로 자연스레 우리를 안내하는 기법, "나는 영물(靈物)일까요?"(「묵음」)*나 "남기(嵐氣)를 머금어 더 검은 하늘", 혹은 "음예(陰翳)의 무늬들"**(「문턱들」)처럼, 한자로 된 개념어를

---

* "사람의 지혜로는 짐작할 수 없을 만큼 훌륭하고 신비스러운 물건이나 생명체, 또는 육체가 없는 영적인 실체를 가리켜 이르는 말"이라고 사전은 전한다. '영물(靈物)'과 같은 낱말은 이 긴 설명문을 압축적으로 담아내는 동시에 매우 지적이면서 추상적인 어조, 차라리 여백의 역할을 수행하는 한시적 공간을 시에서 창출한다.

** '남기'(嵐氣)나 '음예'(陰翳)같은 낱말을 사전에 의지하지 않고 어떻게 "해질녘 멀리서 보이는 푸르스름하고 흐릿한 기운"이나 "하늘이 구름에 덮여 침침해진 그늘"로 이해할 수 있을까?

하나 빼어 물어 낱말끼 낱말 사이, 행과 행 사이에 독특한 "묶음"의 공간을 창안해 내며, 시는 우리를 낯설고 독특한 세계로 초대한다. 이러한 낱말들을 우리는 끊임없이 제 의미를 찾아 나서야만 하는 친화력의 낱말들이라 부를 수 있겠다. "낙빈(樂貧)"과 같은 단어도 중의적이기는 마찬가지다. 세 가지 이상의 뜻(예컨대 '가난하지만 즐겁게 지낸다', '가난하며 즐겁게 지낸다', '가난하여 즐겁게 지낸다')을 전제해야 하며, 그럼에도 이 중 하나를 선뜻 선택할 수도 없는 처지를 탓하기는 어렵다. 결과적으로 이 셋을 포괄한다고 여길 수밖에 없는 상태에서 우리는 그의 시를 읽어 나갈 수밖에 없는 것이다. 이처럼 한자어 고유의 개념적 특성과 암시적 가치를 고구해내는 이와 같은 시적 문법은, 호환되는 등가의 낱말을 찾아내면 해결되고 마는 단순한 기법이 아니라, 시집 전반의 커다란 흐름을 조절하고 주제의식을 가늠해낼 열쇠와도 같다. 한자어의 사용으로 촉발된 개념적 특성은 시에 모호함을 결부시키며, 낱말의 암시적 가치는 해석의 단일성이 붕괴된 미지의 공간을 시에 확보해 내고, 나아가 그 공간에 주관적 목소리를 침투하게 하기 때문이다. 장석주의 시에서 잠재성의 실현 가능성이나 해석 불가능성의 가능성을 기반으로 형성되는 고유한 친화력의 세계는 이러한 한자어의 독특한 사용과 밀접하게 연관되어 있다.

삼(三)시제의 시학 ── 모호함의 잠재력

지(知)에서 출발한, 지를 기반으로 한, 저 주지주의의자의 시적 문법이 정(情)과 의(意)의 세계와 기묘한 방식으로 조우한다고 해야 할까? 흑백의 돌 가운데 하나를 선택할 수 없음을 자발적으로 선택하는 시적 독특성, 기계적인 이분법을 부정하는 시집 전반의 기류가 돌올하게 솟아나는 것은 거개가 모호함을 기반으로 보다 단단하고 커다란 모종의 밑그림이 시집 전반에서 형성되기 때문이다. 장석주의 시에서 시간은 '비존재의 존재'를 찾아 나선 미지의 발걸음과 제 보폭을 이렇게 나란히 한다. 과거의 시간으로 현재의 사건이 재구성되고, 미래의 시간으로 제 바람이 투영되는 순간의 감성을 특이한 발화로 담아내기 위해서는 추상적인 시간을 구체적 시제로 환원하거나, 결국 하나로 묶어 내는 방법밖에 없다고 생각한 것은 아닐까?

> 과거는 흘러간 게 아니라
> 잊힌 것,
> 과거는 미래일 거야.
> 먼 곳의 시간들이 앞당겨지고
> 망쳐 버린 내일은 지나가니까
> ──「종말을 얇게 펼친 저녁들」에서

가난을 긁기니 ㅎ시절이다, 오늘은

어제의 내일이고

또 다시 내일의 어제일 것이니,

오늘은 당신과 나에게도

큰 찰나!

— 「좋은 시절」에서

노동과 생계의 함수관계를 풀다 만 것은

오늘은 내일의 옛날이고,

지나가서는 안 되는 것들이 지나가고

옛날은 자꾸 새로 돌아오는 탓이다.

— 「가을의 부뚜막들」에서

　장석주의 시집은 과거 ── 현재 ── 미래를 일순간에 소급하고, 이윽고 지금 ── 여기에 하나로 내리꽂는다. 그 위로 생의 그을음이, 감각의 물보라가, 슬픔의 그림자가 어른거린다. "오늘은/ 어제의 내일이고/ 또 다시 내일의 어제"였다는 것인가? 장석주는 바로 이러한 삼시제의 시학을 통해, 사람 속류(genus Homo)로 분류된 존재들의 지성과 야만, "흘러가는 인류"와 아직 소원하지만 한 "380만 년"의 역사를 통째로 담아내고자 한다. "계단들"이 "새 계단을 낳고. 오늘 죽은 자들이 어제의 한숨"(「광인들의 배」)을 내

쉬는 순간들, 이 고유한 순간 속에서 그는 "사랑의 그림자를 견디고", "구백구십팔 번의 실패와 천 번의 실패 사이에/ 서 있"는 제 운명을 확인해 나간다. 이는 "아직 우리는 무엇인가"와 "아직 우리는 무엇이 아닌가"(「광인들의 배」)와 같은 존재론적 물음을 이끌어 내고 또 대답하기 위해 필요한 절차는 아닐까? "떠나면서 떠나지 않고/ 떠나지 않으면서 떠나는 것"(「미생(未生)」)들이 존재의 가치를 캐 묻고자 하는 그의 꿈은 과연 이루어질 것인가?

한밤중 큰 눈이 내리고
눈을 이고 서 있는 자두나무,
자두나무는 자두나무의 미래다.
설원의 자두나무,
자두나무 눈썹은 하얗다.
자두나무는 초탈에 대해 말한 적이 없다.

어디서 왔느냐, 자두나무야,
자두나무는 큰 눈을 인 채
붉은 자두 떨어진 방향으로 몸을 기울인다.
우리는 자두나무의 고향에 대해
알지 못한다.

붉은 것은 자두나무의 옛날,

자두나무가 서럽게 운 때

저 자두나무는 자두나무의 이후,

자두나무의 장엄이다.

—「눈 속의 자두나무」

　찰나인 시간, 순간과 순간이 모여 이루어 낸 주관적인 시간, 사라져 가는 것들과 사소한 것들이 조금씩 변화하여 기어이 "장엄"의 한 때를 마련해 내는 시간, 주관성으로 설계된 시간 속에서 우리의 삶과 역사는 이렇게 자두나무 한그루에 오롯이 담긴다. 당신은 자두나무를 본 적이 있는가? 언제, 어디서, 누구와 보았는가? 본다는 행위는 자두나무의 어느 한 순간의 양태를 본다는 것일 뿐이라는 사실이 너무나도 쉽사리 확인될 것이다. 자두나무는 무한한 삶이자, 감정의 총체, 시간의 총합이자, 우주일 수 있다는 사실을 우리는 그의 시를 통해 알게 된다. 자두나무는 언젠가 꽃을 피울 것이며, 피웠을 것이다. 언젠가 열매를 맺을 것이며 맺었을 것이다. 언젠가 제 잎을, 제 열매를 대지 위에 떨굴 것이며, 떨구었을 것이다. 그래서 "자두나무는 초탈에 대해 말한 적이 없다"고 시인은 적는다. 세월과 함께, 역사와 함께 하는 자두나무, 무한하고 변화무쌍한 존재의 자두나무가 있을 뿐이기 때문이다. 자두나무는 봄 — 여름 — 가을 — 겨울이라는 통념, 저 연월구분이나 물리적 시간을 필요로 하지 않는다. 그래서 "자두나무의 고향에 대

해/ 알지 못한다"고 시인은 말한다. 자두나무를 통해 절대
성을 꿈꾸며 잠시 생의 불멸을 넘보려 해도, 확정될 수 없
는 저 변화의 굴곡 속에서, 결국 이 세계의 알 수 없음, 그
불가지가 맺는 삶의 친화력을 통해, 오히려 자두나무가 우
리 삶의 실체와 미지를 동시에 은유한다고 그는 믿기 때문
이다. 낮과 밤의 구분 역시, 자두나무의 삶을 옹색하게 둘
로 나누고 가를 뿐이다. 역사와 삶, 그 고비와 고비에 스며
든 온갖 자잘한 경험들을 머금어 실천될 수 없는 것을 행
위를 실천하는 주체이자, 언제 어디에선가 일어나고 일어날
모든 가능성을 머금고 있는 잠재성의 상징이 바로 자두나
무이기 때문이다. 그래서 "자두나무는 자두나무의 미래"라
고 시인은 말한다. 이것으로 끝이 아니다. 늘 어디선가, "암
중모색"하고 있는 "다시 차가운 감촉 속에서 깊어지는"(「백
년 인생」) 시인의 인생도, 자두나무에서, 자두나무와 피고
지며, 시시각각의 감정을 표현해 내고, 우리 존재와 삶의
가치를 확인하게 되기 때문이다. 자두나무는 삼시제의 시
학을 머금고, 또 수시로 뱉어 내는 주체로, 비루한 이 삶에
"신앙도 없이 여행"(「북국 청빈」)을 떠날 희미한 가능성을
시인에게 열어 준다.

　백년이 순간이며, 여기가 저기이고, 가까운 곳이 먼 곳이
라고 시인이 시집의 곳곳에서 말하는 이유는, 실현 가능한
잠재력의 총체적 상징이 바로 자두나무이라고 여기기 때
문이다. 자두나무는 모든 사물과 생활의 탄생지이자, 변화

의 척도이고 징후이며, 알 수 없는 미시의 삼성과 알고 있는 속된 욕망이 동시에 피어오르는 장소이며, 세월을 압축적으로 머금고 있거나 거꾸로 매달려 있는 것(옹이나 거꾸로 매달려 있는 박쥐, 「박쥐와 나무옹이」), "나무에 옹이가 생기는 것"이나 "풀밭 위에서 고라니의 배설물"(「서리 위 족제비 발자국을 보는 일」)처럼 아주 작은 피조물의 흔적 같은 것들("고라니나 족제비 따위"가 자두나무 근방에 흘려놓은 "배설물", 「미생(未生)」)을 기억하고 환기하게 하는 모태일 것이다. 사랑이, 사랑이라는 이름으로 타자를 향하는 모종의 시선이 제 거리를 좁히지 못하는 마음을 잠시 내려놓는 곳, 끊임없이 당신과, 당신이라는 존재와, 어긋나는 내 내면의 균형을 스스로 잡아 나가고 추스르는 곳, 가난을 고스란히 간직한 옛 기억을 뭉텅 풀어놓는 곳이며, 우리를 잊혀진 과거와 더불어, 그 세계로 불쑥 초대를 하는, 그렇게 죽은 자를 만나고 산자를 지워 내는, 모호성의 세계가 열리고 닫히는 시작점이자 종착점이다.

가자면 갈 수 있고
오자면 올 수 있겠지요.

달 아래 자두나무,
옛날의 눈을 가진 나무 맹인
달 아래 자두나무,

제 그림자를 파는 나무 상인

당신이 달 아래 자두나무인가요?
달 아래를 걷는 당신,
눈꺼풀 없는 눈으로 보는 목인(木人)인가요?

가지도 않고,
오지도 않고,

———「측행(仄行)」

　장석주의 시에서 자두나무는 시인이 걷고 있는 현실의 벼랑이 자신의 삶의 배후가 될 때까지 사유를 밀어붙일 수 있는 힘으로 거듭난 상징이며, 무궁무진한 잠재적 존재로 그려진다. 모든 것을 빨아들이고, 모든 것이 생성되는 입구이자 출구, 중력과 무중력이 공존하는, 저 우주와도 같은 존재가 자두나무이며, "가지도 않고, 오지도 않"는 당신으로 마주하는, 비켜서거나 돌아가야 한다고 말하는 당신을 향한 내 노래, 좀처럼 표현할 수 없다고 믿었던 감정이 제 싹을 틔우는 시간이자 순간이고 대상이자 타자인 것이다. 환(環)하는 자두나무, 생(生)하는 저 자두나무는, 그러니까 베어도 자라나고, 세월을 머금은 단단한 옹이처럼 존재하며, 하얗고 탐스럽게 제 꽃을 활짝 피우고, 또 요염한 열매를 맺는 존재이기도 할 것이다. 또한 시인은 자두나무를 객관적 대상으로 묘사하지 않는다. 활유와 환유의 빼어난 활용을 통해, 시인은 오히려 무엇이든 실행하고 실천하며 표현을 해내는 주체로, 이 세계와 존재 자체를 하나로 결부해낼 가능성으로, 마치 그렇게, 강박적인 은유의 상징으로 그려 낸다. 자두나무는 이렇게 시인의 은밀한 신화가 피어나고 지는 곳이다. 나아가 자두나무는 아이를 낳고, 목적지가 없는 곳에 도달하여 붙박이로 제 삶을 살아가는 존재(「하얀 부처」)와도 같다. 자두나무에 생이 통째로 담기고, 시간이 한없이 축적되며, 가족사도, 개인적 고뇌도, 애잔한 감정과 섬세한 감각도, 자연의 아름다움과 경이도, 비루한 일상도, 자질구레한 일상의 파편들도, 자두나무로 모두 담아낼 수 있다고 그는 믿는다. 중요한 것은, 시인이 자두나무를 변화와 정동의 주체로 삼아, 시적 분신들을 만들어 내는 일을 감행하여, 모호함과 친화력의 미학적 가치를 일구어 낸다는 데 있다.

> 황무지에 서 있는 자두나무,
> 세상에 없는 어머니인 듯
> 자두나무 옆에 서 있는 당신
> 당신이 미소를 짓고 있는 동안 커피는 식었다.
> 늦가을 저녁 어스름 속에서
> 당신과 자두나무는 잘 분별되지 않았다.
> ─「웃어라, 자두나무」에서

시인은 자신의 삶과 당신을 하나로 포개려 한다. 자두나무로 삶과 시간과 역사와 자연의 인위적 구분과 작위적 경계를 지워 내면서 그는 "어리석은 자아의 윤곽"이 흐려지기를 기대하고, "사라진 것들이 돌아오고/ 돌아온 것은 다시 사라지"(「자두나무 삼매(三昧)」)는 삶의 원리를 통찰하고자 시도하며, 마음의 집중을 통해 사물의 추이에 열중하는, 그렇게 당신이라는 이름의 저 미지를 내재화해 내는 아름다운 일련의 시를 선보였다. 자두나무는 이렇게 "시간과 운명에게 흥금을 털어"놓으라고 독촉 받는 "시계 수리공"(「자두나무 시계 수리공」)이며, "지나가고 지나"(「지나간다」)가는 온갖 것들, 가고 또 오는, 사라지고 또 생성되는 저 만물들의 이치이기도 할 것이며, "무(無)와 공(空)의 나날"(「우산」)을 하나씩 채워 나갈, 일상에 지친 "내 영혼의 주유소"(「자두나무 주유소」)이자, "부처, 이방인, 뜨내기 일꾼들, 이주 노동자들이/ 모여 고양이처럼 웃는 곳,/ 오래된 영혼과 영혼들의 유령이 모이는 곳"(「자두나무 주유소」), 모든 "실패의 관(棺)들을 보관한 곳"(「옷과 집」)인 것이다. 자두나무는 이렇게 모호함의 화신이자, 모호함의 문법을 시에서 보장하는 후견인의 자격으로, 모호함의 특수성을 시에서 고스란히 체현해 내는 주체인 것이다. 삶의 시학이라 부를 이 모호함의 시학은, 나아가 야만이라는 주제로 고스란히 이어져, 장석주의 시집에서 가장 고유한 지점을 만들어 낸다.

야만을 향해, 야마에 의해

그러니까, 야만은 무엇인가? 야만을 간직한 애초의 장소, 야만의 원천도, 기원도, 야만을 발화하는 근원도 자두나무라고 지적하는 일이 우선 필요하겠다.

천 년된 자두나무들이여, 가지에 열린
저 망각의 풍요한 열매들을
바람이 불 때 모조리 땅으로 떨궈라.
대지에 대한 너희의 순정을,
중력의 법칙에 숨긴 저 무서운 정치들을 증언하라.

우리는 멀리서 온다.
더는 떠나지 않기 위해 온다.
먼 곳은 없다

　　　　　　　　　　　　　　　—「야만인들의 여행법 1」에서

머뭇거림은 바로 야만인들의 낯익은 숙소,
오래 머룰 수 없는 숙소.
기다림의 비행(卑行)이 우리를 망쳤으니, 우리는 떠난다,
저기로, 내일의 저녁이 잉태되는 곳으로,
사랑에 빠질 시간이 흐르는 그곳으로

　　　　　　　　　　　　　　　—「야만인들의 여행법 2」에서

"야만보다는 얌전한 도덕 쪽이 편해"(「야만인들의 사랑법
1」)다는 사실을 시인을 잘 알고 있을 것이다. 그렇다면 누
가 야만인인가? "해지는 벽에 기대어 저녁의 책들을 읽는
우리를/ 너희들은 야만인이라고"(「야만인들의 여행법 2」) 부
른다고 시인은 말한다. 이렇게 "야만인"은 누군가가 "우리"
에게 부여한 타자의 명칭이다. 바로 이 타자화된 야만인은
"더는 떠나지 않기 위해" 이리로 온다. 야만인은 어디에 거
주하는가? "오래 머무를 수 없는 숙소"에 거주하다 이내 머
문 자리를 뜬다. "여전히 똑같은 날들"이나 "똑같은 날들의
지루함"(「함부로」)을 이겨 내는 방법은 "내일의 저녁이 잉태
되는 곳으로,/ 사랑이 빠질 시간이 흐르는 그곳으로" 떠나
는 수밖에 없다고 생각하기 때문이다. 야만인은 "어디에도
속하지 않"으며, "무심코 저지르는 작은 과오"는 물론, 그
무엇에도 "길들여지지 않"아야 하며, 심지어 "나쁜, 사랑스
러운, 야비한, 당신에게"조차 야만인의 얼굴을 하고 있다.
이렇게 야만은 "길들이는 것에 저항"하는 속성 즉, 경향이
나 징후가 아니라, 차라리 특수성이다. 장석주의 시에서 야
만이 지닌 힘은 바로 이 특수성에 있다. 시의 존재 이유도
야만의 특수성에서 찾아야 할지도 모르기 때문이다. 바로
이 야만의 힘이 장석주 시의 원천인 것일까?

그러나 이 야만은 문명의 반대말이 아니다. 문명 속에 있
는 것들, 문명 속에 거주해 온 것들이 바로 야만이며, 따
라서 시인에게 중요한 것은 문명에 내재한 이 힘을 일깨우

는 순간과 순간을 일상에서, 당신에게서, 다자에게서, 시
금 — 여기에서, 고안해 내는 일이다. 야만의 고안, 야만의
발명은 통념에 갇힌 시제를 무효화시키는 작업, 모호성을
단단한 상징으로 전환해 내는 일에 달려 있다. 시인은 우리
의 삶이나 운명은 물론, 이 세계가 어느 하나의 이분법적
갈라섬을 쉽사리 허용하지 않는다는 사실을 경험적이고 지
성적인 각성을 통해 타진해 내려 할 것이다. 시집에서 자주
반복되어 나타나는 주저나 망설임("가지도 않고, / 오지도 않
고"(「측행(仄行)」), 당부("가지 마라고,/ 가지 마라고", 「당신이라
는 야만인」)의 발화나 이를 증거하는 문장의 배치는, 따라서
어느 하나에 귀속되거나 붙들리지 않으려는 실존의 몸짓이
지, 허무의 적재나 달관의 표출과는 크게 상관이 없다.

세계의 불안이 우리를 사육한다면
야만인을 기른 것은 숲 속의 검은 눈동자,
검은 것은 슬픔의 시작,
야만인은 도착하자마자 운다.
모호함과 연약함 때문에 울었으리.
우리 안이 그토록 많은 수치심의 서식처들이라니!
몸에서 솟구쳐 빠져나오려는 말들.
겨우 말이 되려다가 마는 말들.

너, 짐승 아니었어?

너, 귀머거리 아니었어?

너, 말할 줄도 알아?

　　　　　　　　　　　　　──「야만인이 쓴 책 열 한 페이지」

　문명의 세계에서 야만을 일깨우고, 야만을 야만으로 보존해 내려면 어떻게 해야 하는 것일까? "겨우 말이 되려다가 마는 말들", 그러니까 통념에 비추어 기이한 말들을 기록하는 것이 우선일 것이다. 그러나 또한 야만은 사랑에도 달려 있다. 뼈아픈 사랑, 슬픔의 깊이를 잴 수 있는 사랑, 검은 영혼의 크기를 측정할 수 있는 사랑, 결국 "모호함과 연약함 때문에 울"게 되는, 그런 사랑이 야만을 틔워 내고 지켜 내며 돌본다. 야만은 아픈 사랑으로 제 자양분을 얻거나, 지극한 슬픔, 연민과 고통 그 자체, 그 특성이라는 말일까. 장석주의 시에서 "모호함"은 여기서 미지로 존재하는 저 외부의 상징이자 나를 둘러싸고 있는 세계의 이치에 가깝다는 사실을 잠시 환기하려 한다. 이에 비해 "연약함"은 감정의 세세한 파동이나 인간의 저 내면 깊은 곳에 자리할, 아직 단련되지 않은 살과 혼, 즉 내부를 은유한다. 외부와 내부, "모호함"과 "연약함"은 야만인이 기술한 열한 줄의 시구가 "열 한 페이지"를 천천히 메워 나가는 동안, 시에서 서로 포개어지며, 야만의 세계를 오롯이 장악해 낸다. 야만은 수치를 알고, 슬픔의 주인이 될 줄 아는 우리의 능력이며, 문명은 이러한 능력을 제거해 낸 일종의 역장(力場)

이자 장력(張力)이라고 해야 하다 세속의 질서에 길들어지지 않은, 저 세속의 본모습, 규정되지 않는 것과 빠져나가는 것을 말하려는 자는 야만을 발화하는 주체이며, 그가 바로 시인, 시의 목소리인 것이다. 시인이 야만을 어떻게 점유해 내며, 어떻게 야만의 힘으로 시의 본령을 확인해 내는지 살펴보기로 한다.

죽음이 왼쪽 눈으로 나의 부재를 본다.
후박나무 잎이 떨어질 때 오후 5시는
집개가 조용히 숨을 거두는 마당에 도착하고
당신은 본다, 우연을 확장하는 이 부재의 시각을.
죽음은 과거들의 미래,
내일의 모든 약속을 철회하는 나.
화요일의 밤은 화요일의 밤으로 깊은데,
어제 저녁을 먹고 잠든 내가 없다니!
미래는 이미 발밑에 엎질러져 있다.
몸통에서 팔 두 개는 늘어나고
귀는 자정 넘어 차츰 커진다.
후박나무 잎들이 바람에 흔들린다면
화요일의 나는 착한 사람이었던가?
나는 신중해지기로 결심한다.
새벽 신문이 배달되고 태풍은 소멸된다.
꿈속에서 김밥을 마저 먹고 편지를 썼다.

밤의 이빨들이 어제보다 더 자라고
어떤 날들은 빨리 흘러간다.
야만인들은 아직 오기 전이다.
저 숲속에서 서성거리는 당신!
정작 우리는 미래의 야만인들,
새로운 야만인을 기다리는 불굴의 야만인들,

　　　　　　　　　　　　　　　　—「야만인을 기다리며」

　야만은 당도해야만 하는 속성, 망각할 수 없는 성질, 그러나 끝없이 현실에서 미끄러지며 어디론가 빠져나가는 미지의 특성에 가깝다. 그것은 정확이 말해, 증상이나 징후가 아니라, 특성과 속성으로만 존재하는 무엇이라고 우리는 말했다. 그러니까 그것은 "우연을 확장하는 이 부재의 시각"에서 가동되는 타자의 그림자거나, "과거들의 미래"에서 붙잡히는 "죽음"이 지금 — 여기서 어른거리는 전미래적 형상이며, 내가 규정하는 나라는 존재나 물리적 시간 위에서 저울질되는 나를, 한없이 의심의 시선으로 바라보게 한다. 이 야만의 힘은 당도했다고 생각하는 순간, 나아가 우리가 확신하는 순간, 그 즉시 어디론가 빠져나가는 속성, 그 자체인 것이다. 야만은 형태가 없다. "저 숲속에서 서성거리는 당신"이자 "이미 발밑에 엎질러져 있"는 미래의 시간에 잠시 눈앞에 당도했다가 또 다시 사라지고 마는 무엇, "그림자 수만 개를 데리고" "멀리 사라질 때" 제 얼굴을 잠시 내

비치는 "일요일"이나 "시림의 새들과 세상의 서씃과 웃음들", 이 모든 것들이 오고가는 저 "문들을 지탱하는 경첩들"과도 같기 때문이다. 야만이 "살얼음 아래로 흐르"(「야만인이 야만인에게」)는 사랑인 까닭이 여기에 있다. 흘러가는 속성이 야만 그 자체라고 한다면 결국 사랑도 그럴 수밖에 없기 때문이다. 살얼음 위를 걷듯 조심스레 다가가야만 하는 것, 부수어지기 쉬운 거울과도 같은 것, 아주 작은 떨림에도 깨지기 쉬운 질그릇과도 같은 것, 바로 이것이 사랑이며 야만인 것이다. 야만은 편재하기에 우리 삶의 속성이자 삶의 위태로움과 아슬아슬함, 연약함과 모호함인 것이며, 장석주의 시는 이 야만의 힘에 시적 미래를 기투한다. 야만이 일상에 편재한다고 방금 우리는 말했다. 어떻게?

> 직립인의 고요한 식욕에 부응하는 이것,
> 뼈도 근육도 없는 이것,
> 비늘을 가졌거나 가시를 가진 것도 아닌 이것,
> 두드리고 때려 단련시켰건만
> 물과 만나 허수히 무너지는 이것,
> 여럿이되 하나고
> 단순하되 극적인 이것,
>
> 한 끼니의 편의,
> 미끈거리는 촉감의 허영심,

오랜 명망과 혁명의 동지들,

가느다란 양생(養生)의 꿈들!

──「국수」에서

국수는 가늘고 길다. 그 가닥은 위태로우며 그 자체로
부러지기 쉽다. 심지어 사소하다고도 말할 수 있겠다. 이
위태로운 것, 부러지기 쉬운 것, 사소한 것에서 장석주는
야만의 속성을 빼어난 상징에 기대 절묘하게 기술해 낸다.
무엇인 동시에 무엇이 아닌 것들, 어디에 속하는 동시에 속
하지 않는 것들, 우리는 바로 이러한 것들로 "편의"를 취하
기도 하고 그 과정에서 "허영심"을 품기도 한다. 이 무정형
의 존재, 모호해서 단순하고 단순해서 모호한 것들, 순수
와 단순으로 이루어진 것들에서 그는 야만의 모습을 본다.
야만은 이처럼 가장 평범한 것("공무원들의 직무 유기와 인공
조미료와 진부한 말들/ 여자의 거짓말과 얇은 우울들"──「광인
들의 배」에서)이며, 민중적인 것이며, 의식하지 않고도 반복
되는 저 밥을 끓여 먹는 행위, 단순해 보이지만 실상, 삶과
죽음에 깊숙이 관여하는 행위, 그래서 원초적인 행위와 본
능의 몸짓으로 지금 ── 여기를 살아가는 것이다. 장석주는
이 편재하는 야만에 의해, 야만으로, 인간이 제 삶을 살아
가는 이유를 발견하고, 자신의 꿈을 실현할 수 있다고 믿
는다. "양생"(養生)이라는 개념어는 여기서 모호함을 덜 감
추었다고 말하기 어려운 해석을 시에 빚어내면서 이와 동

시에 명료한 세계를 지향하는 고인한 시적 문법을 만들어
내는 데도 힘을 보탠다. 길고 가느다란 저 "양생(養生)의 꿈
들"은 그러니까 장석주에게는 "생존 기술의 소규모 집합체"
의 삶이자 "어제 생명 보험을 해지한 자"와 "어제 김밥을
먹은 자"(「슬픈 가축」)가 꾸는 소소한 꿈이기도 할 것이다.
야만은 문명에 갇혀서는 오롯하게 제 존재의 이유를 발견
하지 못하고, 제 삶의 가치를 충족시키지 못하는 사람들의
몫이자 얼굴인 것이다.

　　토성이나 천왕성 여인숙에서 밤새우던 날들,
　　꿈엔들 꿈엔들
　　우리는 왜 수마트라의 섬들을 위해
　　혹은 미로와 하구(河口) 들을 위해 노래하지 않는가?

　　주어와 동사는 가지런하고 목적어는 불분명했으나
　　맥락들은 모호해지지 않는다,
　　우리가 이미 모호함을 선점하고 있었기에.
　　무당벌레거나 여뀌거나 벵골 호랑이거나 자작나무거나
　　가서 돌아오지 않는 것들의 사소함을 위해
　　우리는 노래하리라.

　　살고 죽는 것의 사소함으로 웃는 우리,
　　사랑이 그렇듯 죽음의 사소함도

우리는 노래를 하며 차츰 배우게 될까?
            —「늙은 자작나무의 피로한 무릎」에서

  야만은 장석주 시의 행간에 어떤 자리가 마련해 주는
것일까? 무엇이 그 사이와 사이를 맴돌며, 끊임없이 제 고
유한 의미를 궁굴려 내는 것인가. 장석주의 시는 회의와 성
찰이라는 말로 채워지지 않는 지점에 당도해, 오히려 성공
을 꾀한다. 그는 이렇게 야만에 내기를 건다. 그의 시는 야
만에 대한 근본적인 사유를 모호함과 자두나무라는 상징
으로 붙들어 매면서, 야만으로 찾아나서는 삶의 경이로운
여정을 우리에게 보여 주었다. 문명은 여기서 제 치부를 조
용히 드러내고, 불가능한 사랑은 타자화되는 대신, 사랑 그
자체로 남겨질 수 있는 가능성을 걸머쥐고 이 세계를 반복
해서 방문할 것이다. 문명과 야만은 오롯이 나뉘지 않을 것
이며, 사실 그래야 한다고 시인은 믿는다. 야만이 문명을
일깨우는 것일까? 야만은 문명을 새로이 바라볼 시선이자,
문명을 주관적으로 울려 낼 목소리이며, 문명을 세심하게
어루만질 손길일 것이다. 흐르는 속성의 야만, 부수어지기
쉬운 특성의 야만은 이렇게, 정체된 세계가 머금고 있는 저
미지를 간혹 이해가 쉽지 않은 말로 우리에게 흘려보낸다.
모호함이라는 이름의 야만이, 당신이라 호명하는 야만이,
사랑이라고 부르는 야만이, 이해와 소통의 격자 안에 안전
하게 거주하는 명료함과 단일함을 거부하고, 세계의 잠재

적 감정에 대해, 삶의 숨결에 대해, 여기 오지 않고 와야 할 것에 대해, 보다 더 많은 것을 우리에게 알려 줄 것이다. 그는 그럴 것이라고 믿는다.

어둠 속에 떠가는 배 한 척,
광인들의 배는 어디에서 와서 어디로 가는가.
배의 갑판 위에서 웃고 있는 한 사람,
저 웃고 있는 자는
광인인가, 혹은 착한 이웃인가?

—「광인들의 배」에서

슬픔, 수치, 연민이 그의 시에서 중요한 것은, 그것이 야만의 소유물이자 야만의 속성이기 때문이다. 정확히 말해, 그것은 이 세계에 저 역사 속에서 잠시 고였다가 빠져나가는 미끄러짐의 수행자의 자격으로, 바로 그렇게 "밤의 깊이를 재는 일"(「돌」)로 우리를 방문한다. 문명이라는 허구에서 새어 나온 저 야만이라는 자폐가 우리에게 허용해 줄, 미지의 크기와 사랑의 고통을 짐작하는 일은 벌써 자두나무가 품은 우주의 광대함을 헤아리는 일과 나란히 그 궤를 같이 할 것이다. 물론 문명의 특성은 명료함에 있다. 장석주는 문명의 명료함 안에서 야만을 일깨워 모호함을 회복하고, 나아가 연약함으로 존재하는 것들의 슬픔과 부끄러움, 이 세계에서 지금 바글거리는 저 사소한 것들의 운명을

노래한다. 그의 시집을 다 읽은 다음, 우리가 다시 던져야
하는 물음은 이렇게 산재해 있다.

> 과연 나는 젊은 무릎과 늙은 무릎 사이에서
> 비밀을 지키기 위해 이기주의자가 되어 버린 것일까요?
> 세계의 끝에 서 있는 욕망하는 단백질일까요?
> 동사무소에 등록된 생각하는 뇌일까요?
> 자두나무나 그 그림자가 아닌 건 분명하니까,
> 나는 나 아닌 것의 신기루일까요?
>
> ──「슬픈 가축」에서

야만은 그러니까 저 인간이(Homo)라는 명칭을 달고 역
사 속에 출몰했던 온갖 존재들 가운데, 욕망하는 단백질
과 생각하는 뇌의 주인, 이 양자 사이에 존재하는, 이 양자
를 왕복하는, 이 양자의 포개짐 속에서 도출된 공집합적인
무엇이다. 오로지 야만인만이 슬퍼할 줄 알고, 비극을 체
현하며, 회의를 하고 번뇌에 시달린다. 야만은 오롯이 기다
릴 줄 아는 자의, 실연을 견뎌 내고 타자를 그리워할 줄 알
고 타자와의 차이를 취소하는 것이 아니라 오히려 다른 각
도에서 타인을 바라볼 줄 아는 자의, 그러니까 우리 내면
에 존재하는 미지의 타자이다. 야만은 "자연의 일과 사람
의 일 사이"(「서리 위 족제비 발자국을 보는 일」)에 거주하며,
무수한 "바다의 조각들"을 이루고 "깊이를 잃어버린 채 상

심"하는, 제 가까이 수만큼이나 다채로운 깅힘을 내장한 "빗방울"과도 같은, "새로 온 아침"과 "아직 도착하지 않은"(「초록 거미에게 인사를」), 미지라서 다채로운 삶을 머금고 있으며, "최소주의로 쪼개어진 입술들"(「비의 벗들」)의 자격으로 이 세계에 키스를 하고, 이 세계를 어루만진다.

장석주의 시는 그래서 '과녁'을 말하지 않는다. 그의 시는 나와 당신 사이의 '난간'을 부정하지 않으며, 함부로 넘으려 하지도 않는다. 쏘는 사람도, 맞을 대상도 없다는 사실을 기어이 발화해 내는 그의 시는, 마치 허공에 쏘아 올린 화살이 "어둠을 뚫고" 스쳐 지나간 궤적으로만 존재할, 그러니까 그 어떤 경직된 관계로는 정의될 수 없는 저 고유한 야만의 세계를 "핏방울 몇 개"(「활과 화살」)를 지불하는 노동으로 백지 위에 소급해 낸다. 타자의 슬픔은 내가 "난간" 너머로 보는 슬픔, 난간이라는 저 경계를 걷어 내는 것이 아니라, 아래로 또는 위로, 고통스럽게 위치를 바꿔 가며 바라볼 수밖에 없는, 그러나 그렇게 해서, 그렇게 할 때, 오로지 당신에게로 향할 꿈길이 열릴 것이라고 생각하는 그는, 그렇게 바로 "난간 아래 사람"이고자 한다. "슬픔의 저지대"(「난간 아래 사람」)에서 울려 내는, 그럼에도 난간의 아래에서, 저 난간 위로 펄럭이는 깃발을 바라봐야만 하는 연옥에 갇힌 것과 같은 고통스런 심정으로, 저 야만의 신비함으로, 야만의 힘에 기대어 그가 부르는 노래가, 하얀 밤과 검은 아침에, 광인의 평온함과 착한 이웃이 악의에 차

흘려보내는 거짓 웃음으로 가득한 저 패러독스의 광장 한 복판에서 조용히 흘러나오기를 우리는 기다리고 또 기다리게 될 것이다.

지은이   장석주

1955년 충남 논산에서 태어났다.
1975년 《월간문학》 신인상에 시 「심야」가,
1979년 《조선일보》 신춘문예에 시 「날아라, 시간의
포충망에 붙잡힌 우울한 몽상이여」가 당선되어 등단했다.
시집 『햇빛사냥』, 『완전주의자의 꿈』, 『그리운 나라』,
『새들은 황혼 속에 집을 짓는다』, 『어떤 길에 관한 기억』,
『붕붕거리는 추억의 한때』, 『크고 헐렁헐렁한 바지』,
『간장 달이는 냄새가 진동하는 저녁』, 『물은 천개의 눈동자를 가졌다』,
『붉디붉은 호랑이』, 『절벽』, 『몽해항로』, 『오랫동안』 등이 있다.
그 외 산문집과 인문학 저서가 여럿 있다.
애지문학상(비평 부문), 질마재문학상, 영랑시문학상 등을 수상했다.

일요일과 나쁜 날씨

1판 1쇄 펴냄 2015년 11월 30일
1판 2쇄 펴냄 2016년 4월 19일

지은이 장석주
발행인 박근섭, 박상준
펴낸곳 (주)민음사

출판등록 1966. 5.19. (제16-490호)
서울특별시 강남구 도산대로1길 62(신사동)
강남출판문화센터 5층 (06027)
대표전화 515-2000 / 팩시밀리 515-2007
www.minumsa.com

ISBN 978-89-374-0838-0 04810
      978-89-374-0802-1 (세트)

이 시집은 토지문화관에서 집필되었습니다.

민음의 시
목록